La Bouche pleine de terre

Titres originaux :
Usta puna zemlje ;
Smrt Gospodina Golože

Retrouver Branimir ne fut pas une mince affaire. **Jean Descat** avait fait parvenir à **Johanna Marcadé** une adresse du centre-ville de Belgrade, dans une ruelle charmante jonchée de pavés déboîtés où les chiens errants venaient contempler le Danube. Après le travail, au soleil couchant, elle se rendit au Kosancicev Venac n°13 pour y découvrir les ruines d'une bibliothèque médiévale que **Philippe Guazzo**, **Camille Truquette**, **Stéphane Pouyaud** et **Louis Burkard** arpentaient, un verre de blanc à la main. Les **représentants des Belles Lettres**, qui sortaient de la Citadelle un peu plus haut, n'avaient vu personne. **Stéfanie Delestré**, **Vanessa Gennari** et **Charlotte Lefèvre** tenaient une boulangerie au coin de la rue et secouèrent la tête quand elle leur demanda si elles le connaissaient, même si l'une d'entre elles se rappelait très bien avoir lu son livre il y a longtemps. **Khadija de Tembely**, la patronne d'un petit hôtel blanc, tint à lui préciser qu'ici, aucun numéro n'était dans le bon ordre. Sous le porche de l'immeuble où se tenait le **Studio Misma**, elle trouva enfin le nom en cyrillique sur la sonnette. **Julien** et **Isabelle Foucrier** sortaient justement faire une course, et elle en profita pour se glisser par l'entrebâillement de la porte. Elle croisa **Fred Deltenre**, **Ernest** et **Paola** qui descendaient lentement l'escalier et leur demanda où était l'appartement de l'écrivain. On lui répondit qu'il était loué depuis peu à **Romaric Vinet-Kammerer**, là, juste au-dessus. La **gardienne** finit par lui indiquer une maison de retraite, pendant que **Ronan Deriez** et **Bernharda Xilko** repeignaient le couloir. **Jovana Lutovac** accepta de l'y conduire en voiture et alors qu'elles traversaient la forêt, elle lui dit, en lui montrant du doigt les restes d'un hospice délabré : « Un jour, il y aura des zombies, et ils viendront d'ici ». Et puis rien, elles roulèrent en silence.

BRANIMIR ŠĆEPANOVIĆ

La Bouche pleine de terre

Traduit du serbe
par Jean Descat, 2019
(Traduction révisée)

Éditions
Tusitala
2019

Illustration : Bernharda Xilko

Roulés dans de grossières couvertures de laine, nous gisions, immobiles et silencieux, en cette nuit d'août, comme enivrés par l'âcre odeur de la forêt qui, par l'ouverture de la tente, ressemblait à un long serpent noir. En fait, nous étions fatigués et nous avions sommeil.

Assis dans un compartiment étouffant du train de voyageurs n° 96, il fixait les vastes ténèbres de la nuit d'août. Mais il ne voyait rien. La vitre rectangulaire noircie par la fumée lui renvoyait seulement le reflet estompé de son visage, si marqué par l'épuisement qu'il lui semblait appartenir à quelqu'un d'autre. Il sourit à ce visage, mais sans aménité, comme s'il se fût déjà moqué de lui-même, revenant au Monténégro après tant d'années tout en sachant bien qu'il n'y aurait personne pour se réjouir de le voir ou tout simplement pour le reconnaître. S'il avait pu, de l'obscurité où tout avait sombré, faire resurgir quelque image de son enfance, un visage disparu ou une voix depuis longtemps oubliée, peut-être aurait-il mieux compris sa décision soudaine d'aller mourir au pays natal. Mais il ne pouvait rien se rappeler. Plus rien ne lui revenait à la mémoire.

Pourtant, sans trop savoir pourquoi, nous tardions à nous endormir : nous n'étions ni troublés ni soucieux ; nous n'avions nulle angoisse, nulle incertitude. Au contraire, dans ce pays sauvage où nous venions chaque été passer quelques jours, nous ne tardions jamais à oublier nos soucis, nos obligations et la routine monotone d'une existence partagée entre la maison, le bureau et le café ; libérés en quelque sorte de nous-mêmes, nous nous abandonnions à une paix presque inexplicable. Après un long voyage en chemin de fer et une marche de plusieurs heures en mauvais terrain, une fois de plus, nous avions enfin atteint le but ; seuls dans ce paysage désert, nous étions déjà submergés par une sorte de vague bleue et silencieuse, par une sensation de paix totale identifiant nos pensées et nos humeurs au point que chacun de nous aurait pu, à chaque instant, deviner les désirs et les intentions de l'autre. C'est peut-être pour cela que nous nous taisions.

Il essaya d'ouvrir la fenêtre. Après plusieurs tentatives, il renonça et s'affala de nouveau sur la banquette chaude et crasseuse. Scrutant désespérément les ténèbres, il finit par distinguer des lumières qui palpitaient dans le lointain, comme emportées et ramenées par un vent indécis. Ce spectacle, banal et insignifiant en toute autre circonstance, fit naître en lui le sentiment confus que c'était en réalité le monde tout entier qui passait et s'enfuyait au loin. Chose étrange, cette pensée l'emplit de joie. Il eut même envie de discerner tout de suite, par-delà le cliquetis des roues, le silence qui viendrait après toute chose, quand tout s'achèverait et s'évanouirait comme si rien n'avait jamais existé. Immobile, sans la moindre pensée, il attendait que ce sentiment l'envahît et chassât la crampe sourde qui lui crispait l'œsophage : il pourrait ensuite, caché au fond du couloir obscur ou même dans les toilettes, pleurer à son aise ; puis, vidé et purifié, comme quelqu'un qui a quitté le deuil ou s'est résigné à la mort, il pourrait mettre un masque de morne indifférence qui le protégerait de la curiosité des gens et surtout de leur perfide compassion. Cependant, plus il s'efforçait de précipiter son désespoir afin d'en accélérer l'issue, plus une force inconnue, venue de lui-même, s'y opposait avec une étrange obstination. Il respirait un âcre relent de sueur humaine, des odeurs mêlées de saucisson, d'ail et de pain de seigle, et, au lieu du silence redoutable qu'il appelait, il entendait la mastication satisfaite des autres voyageurs qui, de leurs voix impersonnelles et de leurs rires étouffés, l'invitaient avec de plus en plus d'insistance à se mêler à leurs propos languissants et dépourvus d'intérêt. À un certain moment, il eut même faim et en éprouva de la honte : peut-être se rendait-il compte que dans ces circonstances, cet instinct naturel prouvait de façon peu glorieuse qu'il repoussait inconsciemment toute tentative de regarder bien en face la terrible vérité. Tendant sa large main calleuse, son vis-à-vis lui offrit sans mot dire un morceau de pain et une fine rondelle de saucisson. Il le remercia d'un vague sourire et se mit à manger sans trouver, tout d'abord, de goût aux aliments. Puis il eut comme une nausée et sortit du compartiment. Il alla au bout du couloir, ouvrit la fenêtre, cracha la nourriture déjà mastiquée et, la bouche grande ouverte, aspira le vent frais qui l'aspergeait tour à tour de braises étincelantes et de poussière de charbon. Il était tout à fait incapable de mesurer le temps qu'il avait passé dans le train ou de prévoir l'heure de son arrivée dans les montagnes monténégrines. Il crut un instant que sa pensée s'était arrêtée. Peu après, il comprit que le train faisait halte dans une petite gare inconnue et il vit une forte paysanne, chargée de sacs multicolores, qui courait maladroitement le long du wagon. Quand elle passa au-dessous de lui, il perçut dans l'air une odeur de crème aigre et de fromage, mais, cette fois, il n'eut pas faim. Il ne sentait plus rien. Soudain, allongeant la main, il saisit la poignée de laiton, puis, lentement, sans réfléchir, il sortit dans les ténèbres.

Jakov et moi, toujours silencieux, fixions une étoile qui filait, lente et indécise, comme un oiseau égaré. Elle tombait droit sur nous et il nous semblait vaguement qu'à l'instant même où sa lumière trompeuse viendrait s'éteindre dans nos yeux, nous sombrerions dans le sommeil et dans l'oubli.

Debout dans le ballast, jambes écartées, il vit ce fil lumineux qui coupa le ciel et, se dérobant à ses regards, disparut dans la nuit. Tourné vers le lointain opaque, glacé et inaccessible, qui lui renvoyait pourtant comme un écho confiant dans le murmure assourdi des rails courant à ses pieds, il semblait inquiet, comme si cette étoile avait emporté avec elle je ne sais quoi d'important dont le souvenir même lui échappait, ou comme s'il se fût repenti de quelque chose. Il ne savait ni où il était, ni où il irait, ni ce qu'il allait faire. Il savait seulement que jamais il ne reverrait ces petits villages monténégrins où il avait connu jadis le bonheur et la souffrance, car, en cet instant, il plongeait ses regards en lui-même comme dans les profondeurs de la nuit et faisait, sans une larme, ses adieux au monde entier.

Quand nous rouvrîmes les yeux, nous n'aurions su dire combien de temps nous avions dormi. Nous restâmes un moment silencieux et, dans le silence presque surnaturel de cette nuit d'août, nous avions l'impression d'être seuls au monde. Puis, d'un geste brusque, Jakov ouvrit la tente toute grande et inspira profondément. « À quoi penses-tu ? », chuchotai-je. « À rien, dit-il, j'attends le lever du jour. » En fait, l'aube poignait déjà. Là-haut, le ciel ne cessait de se diluer, de s'amincir comme un fin tissu grisâtre.

Au point du jour, il s'arrêta pour reprendre haleine. Il ne savait ni combien de temps il avait marché à travers champs dans les ténèbres, ni où ses pas l'avaient conduit. En revanche, il était sûr d'avoir bien fait de descendre du train dans cette petite gare ; désemparé, parmi les rails, les tonneaux de goudron et les coffres de bois, il avait eu raison de céder au désir de s'enfuir dans la nuit, le plus loin possible des hommes et de tout ce qui aurait pu, ne fût-ce qu'un instant, le pousser à chercher aide ou consolation. Il voulait fuir au hasard, s'éloigner du monde jusqu'à ce qu'il fût tout à fait certain d'en être tout à fait détaché. Mais il ne cédait ni à la haine ni à l'envie. Il voulait seulement s'épargner toutes les humiliations auxquelles il se serait autrement exposé, soit qu'il réclamât de la compassion, soit qu'il fût contraint d'en accepter. À mesure qu'il s'enfonçait dans la nuit, poussé par le désir d'aller mourir, comme une bête à l'agonie, en quelque endroit silencieux et désert, il s'efforçait de s'habituer peu à peu à une pensée secrète qui, tout d'abord, lui avait fait peur et honte : ce qu'il avait de mieux à faire, c'était de trouver le courage de se donner lui-même la mort. Il s'arrêta, fatigué, haletant dans l'aube naissante ; il distingua au loin la masse sombre d'une forêt et, plus loin encore, les cimes dentelées d'une montagne qui ressemblait fort à la Prekornica où, il y avait bien trente ans, par une nuit sinistre, il avait pour la première fois pensé à la mort comme à une délivrance. Bien sûr, il ne pouvait pas croire qu'un instinct mystérieux l'eût ramené dans les montagnes de son enfance ; mais il savait maintenant qu'il allait réaliser l'idée qui lui était venue il y avait déjà longtemps : se pendre à un arbre solitaire ou se précipiter dans un gouffre qui, ouvrant son vide ténébreux, l'attendait depuis toujours. Il n'en éprouvait ni peur ni désespoir. Il se sentait tranquille, en parfait accord avec lui-même ; il inspirait profondément l'air frais et écoutait les oiseaux invisibles qui chantaient, au-dessus de lui, dans les hauteurs du ciel.

Assis dans l'herbe devant la tente, les jambes croisées, près d'un feu parfumé de branches de pin sèches, nous déjeunions d'œufs au lard. Nous mangions sans hâte, savourant chaque bouchée. Quand nous eûmes avalé le dernier morceau de pain trempé dans la graisse, nous essuyâmes nos mains à l'herbe humide et molle et nous levâmes pour inspecter les environs. Le paysage qui, sous nos yeux, se dégageait peu à peu de la brume matinale, nous sembla avoir changé depuis l'été précédent. Au nord se déroulait le fil violet d'une forêt ; tout en bas par-delà les ondulations bleutées d'un vallon, on apercevait les rives abruptes de la rivière. Nous faisions courir l'œil, de la rivière à la forêt, tâchant de découvrir ce changement subtil qui, tout d'abord, nous avait empêchés de raccorder l'image de ce paysage simple et familier à l'autre image, gardée intacte par notre souvenir. Ces deux images avaient réellement quelque chose de différent. Apercevant enfin une silhouette humaine, nous comprîmes que c'était elle dont la présence avait troublé l'harmonie et la pureté familière de ce pays désert. Tache sombre et diffuse, l'homme semblait presque irréel. Il ressemblait vaguement à un énorme insecte. Il s'était arrêté non loin de nous, et au balancement de ses épaules, avant même d'avoir eu le temps de nous demander d'où il sortait, nous sûmes qu'il venait juste de s'arrêter avec une intention bien déterminée.

Tout étonné de n'être plus seul, il ne pouvait détacher son regard de ces deux inconnus dont les visages graisseux, surmontés de chapeaux décorés de trophées ridicules, lui rappelaient irrésistiblement les gens du train qu'il avait fuis et tous ceux qu'il souhaitait ne point rencontrer. Il baissa les yeux vers leurs pieds, cachés dans l'herbe jonchée de coquilles d'œufs, de feuilles de journaux froissées, de boîtes de conserves vides, d'une poêle noire de suie. À côté des fusils de chasse et des cannes à pêche, le petit transistor n'avait pas encore rompu le silence matinal, et l'homme avait l'impression d'entendre le rythme égal de leur respiration. Déjà il avait envie de s'approcher d'eux, de leur demander à manger, de les prier de lui indiquer le chemin du premier autobus ou du premier train. Ce sentiment, qui anéantissait sa ferme décision d'aller au-devant de la mort, était si impérieux qu'il était sûr d'y céder s'il ne se forçait pas tout de suite à tourner les talons et à prendre la fuite. Écartelé entre ce nouveau désir et la conduite qu'il s'était tracée, il se sentait au bord des larmes. Pour surmonter sa soudaine faiblesse, il leva les yeux au ciel comme s'il priait et concentra toute son attention sur les oiseaux cendrés, tachetés de noir, qui passaient à chaque instant au-dessus de sa tête comme un jet de petits cailloux et s'évanouissaient en fumée dans le ciel rosâtre.

Il semblait même prendre plaisir à ce spectacle. En fait, il rassemblait tout son courage pour rebrousser chemin.

Tandis qu'il nous toisait d'un regard indéfinissable, ni Jakov ni moi ne fûmes capables de dire un mot ou de songer à ce qu'il y avait lieu de faire. Peut-être attendions-nous qu'il rompît le silence ou fît mine de s'approcher de nous, et donnât un air plus naturel à cette rencontre imprévue. Alors, contre toute attente, il fit volte-face et, secouant la tête comme un cheval bridé, il dévala la pente, foulant l'herbe haute à grands pas maladroits.

Lorsqu'il se mit à courir, il reçut en plein dans les yeux l'éclat du soleil et, presque aveuglé, trébuchant dans l'herbe épaisse mouillée de rosée matinale, il pensa que les deux hommes le suivaient sûrement des yeux et se demandaient ce qui l'avait pris.

Nous le regardions en silence et nous nous demandions ce qui avait bien pu lui faire transgresser cette coutume vieille comme le monde, qui exige que lorsque des hommes se rencontrent en un pareil désert, ils passent au moins quelques instants ensemble. Mais cela ne nous troublait guère. Nous n'étions pas là pour voir des gens. Nous n'avions pour cet homme aucune sorte d'intérêt et, bien qu'il fût resté quelques instants tourné vers nous, nous avions déjà oublié jusqu'à la forme de son visage. Nous le regardions s'éloigner de son pas trébuchant, balançant gauchement ses longs bras, et il nous était si indifférent que nous l'aurions certainement oublié pour toujours si, à ce moment-là, nous avions détourné le regard.

Il n'avait pas honte de fuir. L'avant-veille au soir, dans une clinique de Belgrade, épuisé d'insomnie et d'ennui, contrarié d'avoir dû rester là pour subir de nouveaux examens au sujet de ses maux d'estomac, il était entré dans la salle de garde déserte et, par pur hasard, avait aperçu sur la table en désordre l'histoire de sa maladie : en quelques mots latins laconiques elle lui annonçait qu'il n'avait plus que quelques mois à vivre ; depuis, il fuyait sans savoir pourquoi. À vrai dire, il ne se rappelait pas ce qu'il avait éprouvé en faisant cette découverte. Peut-être n'avait-il rien ressenti du tout. Tout ce qu'il savait, c'est qu'en pantoufles, dans son pyjama imprégné d'une triste odeur de sueur et de médicaments, il était sorti en courant dans la nuit et avait regagné son appartement de la rue Birčaninova, s'y était enfermé à clé et avait passé presque toute la journée du lendemain à essayer de chasser de ses yeux l'image de son corps se décomposant lentement dans les souffrances et la puanteur. Il s'était vaguement efforcé de pleurer pour du moins diluer dans ses larmes cet affreux spectacle. Et puis il avait pensé à ses parents, morts depuis longtemps, à son enfance et à son pays natal, et ses yeux s'étaient aussitôt éclaircis, comme sous l'effet d'une lumière salutaire. C'est peut-être cela qui l'avait incité à partir tout de suite, par le premier train, à aller au Monténégro chercher paix et consolation. Or la nuit précédente, lors de son voyage à travers d'immenses ténèbres glacées, entouré de gens qui suaient, mangeaient et chantaient, il avait soudain compris que dans la mort, qui était désormais son unique certitude, il devait être seul ; alors, rassemblant sa force et son courage, il avait fui ; et, tombant par hasard sur ces deux chasseurs, il venait de réaliser que s'il voulait régler en homme ses comptes avec le destin, il devait renoncer à tout ce qui liait encore son âme à l'existence ! Maintenant, en dévalant cette pente herbeuse, c'est en réalité lui-même qu'il essayait de fuir ; il luttait à chaque pas contre la tentation de s'arrêter et de revenir vers ces deux inconnus : n'était-ce pas la providence qui les avait mis là pour rendre moins cruel ce jour terrible qui était sans doute le dernier de son existence ? Pour ne pas céder, il s'efforçait de ne penser qu'à l'arbre qui avait poussé pour lui, au gouffre qui l'attendait, là-bas, loin.

Soudain, cédant à je ne sais quel mouvement irrésistible, nous nous lançâmes tous deux à sa poursuite. De façon tout à fait imprévue, et pourtant comme si nous nous fussions donné le mot. Nous voulions seulement lui expliquer qu'il était stupide de se sauver et que, s'il avait des ennuis, nous ne demandions qu'à l'aider. En somme, nous avions les meilleures intentions. Nous voulions lui éviter d'être ridicule et pitoyable jusqu'au bout. Bien entendu, nous voulions aussi avoir le cœur net et nous débarrasser du sentiment désagréable de l'avoir, même involontairement, amené à cette conduite bizarre.

Quand il se retourna, tout à fait par hasard et sans le moindre pressentiment, il aperçut les deux hommes qui couraient derrière lui. Il pensa que ses yeux, irrités par la lumière trop violente, le trompaient et faisaient de deux ombres mobiles des silhouettes humaines. Il se retourna de nouveau pour se débarrasser de cette pénible impression. Et il courut en regardant en arrière, jusqu'à ce qu'il fût bien convaincu que les deux hommes le suivaient en effet à une certaine distance.

Nous n'osions pas lui crier de s'arrêter et d'être raisonnable, car nous savions que nos cris ne feraient qu'augmenter sa frayeur : avec l'inconséquence dont il venait de faire preuve, il aurait pu s'imaginer que nous le menacions ou que nous essayions de lui tendre un piège. Aussi le poursuivions-nous en silence, nous efforçant de réduire la distance d'un bon kilomètre qui nous séparait déjà de lui. À un moment donné, Jakov voulut renoncer. « Laissons tomber, dit-il, à quoi ça rime ? » Mais je protestai : « Attends un peu, nous sommes plus rapides que lui, il faut tirer ça au clair ! »

Il se demandait qui étaient ces gens. Leurs vêtements, leurs chapeaux, leurs fusils, leur matériel de pêche et leur tente indiquaient bien que c'étaient des chasseurs ou des excursionnistes, mais c'était trop simple et trop logique pour le satisfaire. Il voulait en savoir davantage. Quoi qu'ils aient pu penser de lui lors de cette brève rencontre, il voulait comprendre ce qu'ils ressentaient maintenant, en courant obstinément à ses trousses. Mais il ne trouvait pas de réponse aux questions qu'il se posait ; presque à regret, il accéléra sa course.

Il courait de plus en plus vite, le corps penché en avant, comme si une force miraculeuse, plus puissante que la peur, l'eût poussé par-derrière, sans lui permettre de se retourner, de s'arrêter ou de se redresser. Pourtant, à un certain moment, il se cambra de toute sa hauteur ; nous vîmes alors le grand chapeau clair dont il était coiffé et qu'il retenait de la main gauche pour ne pas le perdre, saisi dans les rayons obliques du soleil, s'embraser comme une auréole flamboyante ; et il nous sembla que si cet homme cocasse continuait à courir dans cette position, il allait mettre le feu aux fougères dont il se rapprochait rapidement.

Il songea que ces deux hommes avaient pu lire son intention sur son visage, et cela renforça sa conviction d'avoir agi raisonnablement. Ces inconnus, dont il avait déjà oublié la physionomie, constituaient un danger qu'il fallait fuir. Il ne devait à aucun prix se laisser rejoindre par ces gens qui risquaient d'ébranler sa décision, de le détourner de son projet ou même de l'empêcher de le réaliser.

Il nous sembla alors qu'il courait moins vite. On pouvait en déduire qu'il était fatigué, mais sa haute silhouette sombre révélait un étrange abandon, comme s'il avait été sûr que nous ne pouvions pas le rattraper ou même comme s'il nous eût oubliés. En tout cas, nous n'avions pas l'impression qu'il eût peur, et il semblait tout à fait exclu qu'il eût peur de Jakov et de moi, ce qui signifiait que toutes les raisons qui nous avaient entraînés à sa suite étaient sans fondement. Nous aurions pu regagner tout de suite notre tente, prendre nos cannes à pêche et descendre au bord de la rivière. Mais Jakov eut soudain l'idée que cet homme, loin de fuir, poursuivait quelqu'un. « Mais qui ? » m'étonnai-je. « Peu importe : homme ou papillon rare, qu'est-ce que ça change ? » J'avais beau trouver cela impossible, il n'en démordait pas. Nous étions bien d'accord sur le fait que cet homme, portant costume de ville et grand chapeau clair, n'était ni un chasseur, ni un montagnard, ni un excursionniste. Il n'avait pas de bagage, pas même une petite sacoche, ce n'était donc pas un voyageur égaré. Qui donc était-il ? Par quelle extraordinaire circonstance avait-il surgi devant notre tente, et pourquoi fuyait-il s'il n'avait pas peur de nous ? Ces questions nous exaspéraient. Nous nous arrêtions fréquemment pour reprendre haleine et discuter. « C'est peut-être un forçat évadé ou un meurtrier qui se cache ; ou pire encore, un maniaque, un déserteur, un espion qui veut passer la frontière ! » J'éclatai de rire : « Tu dis n'importe quoi, tu sais bien que dans ce cas il aurait fui tout de suite vers la forêt et la montagne. » « Tu as raison, soupira Jakov, il court toujours droit devant lui comme un aveugle. » Il se tut quelques instants comme s'il réfléchissait. Puis il dit : « Mais alors qu'est-ce qui lui a pris ? Il est fou ! » « On ne sait jamais, dis-je, peut-être qu'il est fou, ou peut-être que le bonheur l'étouffe et qu'il essaye de se libérer de cette sensation trop forte ! D'ailleurs, quand nous l'aurons rejoint, nous serons fixés ! » Jakov continuait à penser qu'il fallait abandonner, mais je m'obstinai. « Tu laisserais tomber ? Tu n'as pas envie de savoir ce qu'il a ? », disais-je pour nous stimuler tous les deux.

Malgré tout, il avait envie de s'arrêter et de satisfaire tout de suite sa curiosité : s'ils ne lui expliquaient pas d'eux-mêmes tout de suite ce qui leur avait pris, il leur demanderait de quel droit ils faisaient irruption dans sa vie, ou plutôt dans sa mort.

Maintenant, nous voulions seulement être fixés. Nous pensions : s'il a le droit de fuir sans raison, nous, nous avons le droit de le poursuivre ; s'il ne se gêne pas pour exciter notre curiosité, nous n'allons pas nous gêner pour la satisfaire. Et nous suivions sa large trace ondoyante dans le frou-frou des fougères dorées qui nous montaient parfois jusqu'aux épaules et nous jetaient au visage des gouttelettes transparentes et parfumées de rosée matinale. Alors, comme s'il se rendait compte que nous ne renoncerions pas facilement, il s'arrêta et se tourna lentement vers nous. Plus étonnés que satisfaits de ce changement inattendu, nous continuâmes un moment, sur notre lancée, à courir à toutes jambes.

Il les attendait. Il respirait lourdement, et la sueur inondait son visage, tout jaune du pollen qui s'y était collé. Il n'était pas ému ; il les regardait se rapprocher, agitant les bras parmi les hautes fougères, avec des gestes de faucheurs ou de nageurs, et ne se souciait guère de ce qui allait se passer dans un instant.

Nous le vîmes lever la main gauche au-dessus de sa tête et repousser son chapeau sur sa nuque, découvrant son front haut tout luisant de sueur ; puis il croisa les bras sur sa poitrine, l'air résolu à affronter tout ce qui surviendrait. Pauvre homme ! Ce qui survenait, c'était seulement Jakov et moi. Et nous ne lui voulions aucun mal. Nous voulions seulement lui demander ce qu'il avait, savoir s'il avait des ennuis et si nous pouvions l'aider. Si tout allait bien, nous le laisserions poursuivre tranquillement sa route. Soucieux de bien lui montrer nos intentions, nous nous arrêtâmes à une trentaine de mètres de lui, pour qu'il pût se rendre compte que notre légitime curiosité ne nous empêchait pas d'être raisonnables, et discrets.

Il les regardait comme sans les voir, comme s'ils n'avaient été qu'un pan du paysage où il laissait ses yeux se reposer.

Cependant, nous sentions qu'il fallait l'aborder tout de suite, avant que ce silence tendu et gênant ne devînt tout à fait insupportable. Mais, comme hypnotisés par son regard absent et impersonnel, nous restions figés sur place.

En fait, scrutant leurs visages rudes et inintéressants, il essayait de comprendre ce qui les retenait. Après cette poursuite acharnée, il ne pouvait croire qu'ils eussent maintenant quelque scrupule à l'aborder, et il excluait l'hypothèse que, forts comme ils étaient, armés de fusils, ils pussent hésiter, par prudence ou par crainte, à franchir la vingtaine de pas qui les séparait encore de lui.

Si nous avions décelé sur son visage de la curiosité, de la frayeur, de la joie ou de la souffrance, peut-être nous aurait-il été plus facile de l'aborder. Mais ce visage semblait un masque blanc et figé derrière lequel il n'y avait que du vide : aucune pensée ne l'animait, aucun sentiment ne pouvait lui rendre ses couleurs. Il était parfaitement immobile et rien ne donnait à penser qu'il sortirait jamais de sa torpeur.

Il sentit alors, par je ne sais quel instinct, qu'il était lié à ces deux hommes par un lien bizarre et peut-être déjà indissoluble.

Perplexe, il leva les yeux et scruta longuement le ciel comme s'il eût cherché, dans ce miroir infini, le reflet lointain et confus de souvenirs qui pussent l'aider à saisir, ou du moins à entrevoir l'existence et le sens d'un tel lien. Mais son regard, perdu au zénith transparent, ne découvrit qu'un oiseau isolé, trop réel pour pouvoir ressembler à un présage.

Nous vîmes ses mains retomber le long de son corps et son regard, qui s'était un instant perdu au loin, se tourna de nouveau vers nous. Nous y discernions à présent une pointe d'insolence narquoise et peut-être un mépris que nous n'avions pas mérité. « Non mais, tu te rends compte, il est en train de pisser, chuchota Jakov. Il nous fait le coup du mépris ! » « Au contraire, dis-je, il nous provoque, il essaie de nous vexer ou de nous tourner en dérision ! »

Il lui sembla que leurs visages avaient pris maintenant une expression de ruse et de lâcheté. Et son désir de les fuir quelles que fussent leurs intentions se changea soudain en dégoût et en répulsion pour tout ce que ces hommes évoquaient, avec leurs regards sournois, leur souffle rapide et régulier et je ne sais quelle avidité qui se lisait dans leurs yeux. Ils étaient comme deux hyènes craintives et circonspectes qui auraient flairé sa mort. Il les regarda quelques instants sans savoir que faire, car il ne croyait plus pouvoir leur échapper.

Et comme s'il eût senti que nous allions quand même finir par l'aborder, il se remit à courir. Mais maintenant, il courait vers la forêt, en foulées rapides et régulières, comme un animal.

Tout haletant, trébuchant de fatigue, il pensa qu'il lui restait assez de force pour atteindre cette forêt violette et palpitante qui le mettrait hors d'atteinte.

Maintenant, nous avions une bonne raison de le poursuivre. Et c'est ce que nous fîmes aussitôt, sans la moindre hésitation : nous n'étions plus poussés par je ne sais quelle curiosité dérisoire, mais bien par notre amour-propre offensé. Nous voulions lui prouver qu'il n'était ni plus rapide, ni plus insolent, ni plus courageux que nous. Enfin, nous voulions lui ôter au plus vite l'envie de se moquer de nous.

Quand il se retourna pour voir s'ils étaient de nouveau à ses trousses, ils lui semblèrent plus grands, plus forts et même plus rapides qu'il n'avait cru tout d'abord, peut-être parce qu'à présent ils ne portaient plus leurs fusils en bandoulière, mais les tenaient à la main, le canon dirigé vers lui. Courant toujours, il attendait les coups de feu. Puis il se pencha un peu en avant : son chapeau glissa et resta suspendu en l'air, voletant comme un papillon blanc. Tête nue, les mains libres, il redoubla d'efforts. Mais ce n'est pas la peur qui le poussait, car il lui était indifférent qu'ils fissent feu : de toute façon, il voulait mourir. S'il fuyait, c'était maintenant parce qu'ils voulaient à tout prix le rejoindre, comme s'ils en avaient eu le droit. Il voulait leur retirer ce droit. Par défi !

Malheureusement, il avait de nouveau pris tant d'avance qu'il était impossible de le rattraper avant la forêt. Nous avions bien songé à tirer en l'air pour le forcer à s'arrêter, mais nous avions tout de suite écarté cette idée : s'il sentait sa vie menacée, il courrait encore plus vite. Que pouvions-nous faire ? Espérer qu'il ferait un faux pas et se casserait la jambe ? Ou qu'il s'écroulerait de fatigue ? Non ! Nous n'espérions pas un tel prodige. D'un autre côté, nous avions beau nous rendre compte que notre entêtement nous ridiculisait à nos propres yeux, nous ne pouvions plus nous arrêter.

« Mon Dieu, pensait-il, donnez-moi la force d'atteindre cette forêt. Mon salut est dans cette forêt ! »

Nous aperçûmes un berger qui, fait étrange, n'avait ni gilet de fourrure, ni bâton. Il semblait même ne pas avoir de chien et son petit troupeau de brebis tondues n'avait pas la moindre clochette. Il restait planté là comme si nous n'eussions éveillé en lui aucune curiosité. Il nous parut abîmé dans une sorte d'indifférence chronique, dans une tranquillité oiseuse et sans consistance. Raide et silencieux, il nous considérait avec l'air de quelqu'un qui ne comprend rien à ce qui se passe et n'a nulle envie de comprendre. Désespérant de le voir se joindre à nous, Jakov et moi criâmes d'une seule voix : « Arrête-le ! Attrape-le ! Ne le laisse pas filer dans la forêt ! » Mais il restait immobile, indifférent à nos cris. Puis tout d'un coup, à notre grande joie, il partit en trombe, tâchant de couper au fuyard le chemin de la forêt.

Sur le point d'atteindre le bois, il se retourna de nouveau et aperçut un troisième homme qui arrivait de côté et se rapprochait de lui. Bien qu'il fût sans arme, il lui parut plus dangereux que les deux autres : agitant les bras au-dessus de sa tête, il poussait des hurlements intermittents qui ressemblaient à des plaintes et donnait des signes évidents de fureur. Tout en obliquant à gauche pour lui échapper, il se demandait quelle mouche l'avait piqué : pourquoi s'était-il joint aux deux autres et pourquoi mettait-il tant de hargne à vouloir le rejoindre ? Peut-être, le voyant fuir, avait-il déduit qu'il avait quelque chose à se reprocher ? Avait-il seulement tiré des conclusions, ou réservait-il cela pour plus tard ? Quoi qu'il en fût, ce troisième homme éveilla soudain en lui la conscience du danger qui le menaçait depuis déjà longtemps. Il comprit que, s'il s'était fait à l'idée de mourir, il n'était pas indifférent à la façon dont il mourrait ; il n'allait pas se laisser humilier comme un chien, piétiner sauvagement par ces forcenés, il ne pouvait pas se priver de l'unique consolation qui lui restât :

choisir lui-même le lieu, l'heure et les circonstances de sa mort ; il ne permettrait à personne de souiller les derniers instants de sa vie ; il devait sauvegarder la dignité de sa mort ; il avait besoin d'être seul ; c'est apaisé, tranquille, l'esprit et le cœur sereins, qu'il voulait faire ses adieux au monde ; ce monde impitoyable et merveilleux qu'il n'avait pas bien appris à connaître, il devait le quitter avec amour, non avec haine ! Tout à ces pensées, il courait de plus en plus vite, car il puisait sa force non plus dans le défi, mais dans le plus beau et le plus profond désespoir qu'il eût jamais éprouvé.

En dépit de tous nos efforts, il disparut soudain comme un lézard dans les arbres épais et frémissants. Honteux et désemparés, il ne nous restait plus qu'à nous arrêter et à renoncer. C'est sûrement ce que nous aurions fait, mais le berger nous dit qu'il connaissait comme sa poche le moindre arbre creux, la moindre grotte, le moindre lichen de cette forêt. Il nous assura même qu'il y aurait aisément retrouvé une chouette ou un renard, et qu'il n'aurait aucun mal à dénicher cet élégant qui, au printemps dernier, lui avait échappé de justesse après avoir volontairement tué son chien-loup. Jakov et moi échangeâmes un regard et, sans un mot, emboîtâmes le pas au berger furieux, persuadés que celui que nous cherchions avait commis des forfaits autrement graves que le meurtre d'un chien. D'ailleurs, qui qu'il fût, cet homme nous devait certaines explications. Nous sommes des gens honnêtes et paisibles, aussi disposés à venir en aide aux déshérités qu'à laisser tranquilles les gens heureux, mais nous n'aimons pas que l'on vienne nous insulter ou se payer notre tête. Or, en fuyant sans raison, cet homme nous avait donné à entendre que notre seule vue lui faisait peur, comme si nous eussions été des monstres ou des épouvantails, ce qui est déjà difficile à pardonner ; ensuite, en s'arrêtant pour nous attendre et en urinant sous nos yeux, il avait trouvé le moyen de nous humilier ; et maintenant, caché dans le fourré, il ne manquait pas de se gausser de nous avec la plus grande malveillance. En proie à une impatience presque fébrile, nous attendions que le flair aiguisé du berger nous conduisît sur sa trace, pour lui montrer sans la moindre ambiguïté à quel jeu dangereux il venait de jouer.

Il était enfin seul. Caché derrière un arbre, il prêta l'oreille, pendant quelques instants, aux voix lointaines de ses poursuivants. Puis il chancela et tomba à genoux. Mais il ne resta pas longtemps dans cette position : il se coucha à plat ventre sur le sol et, les épaules tremblantes, le visage enfoui dans la mousse humide et spongieuse, il attendit de s'être calmé. Puis il se laissa lentement rouler sur le dos et se mit à regarder l'opulente couronne d'un hêtre doré, tout en s'efforçant de se rappeler le nom latin de cet arbre. Or, malgré son vif désir, il ne parvenait pas à retrouver ce mot bref dans sa mémoire. Il crut déjà venu le moment où l'on oublie tout et eut peur d'oublier jusqu'à son dessein, qu'il était maintenant en mesure de réaliser à sa guise. Il lui suffisait de monter sur une branche assez forte pour supporter ses quatre-vingt-trois kilos. Il savait aussi que s'il ne le faisait pas tout de suite – avant que les trois autres ne l'eussent retrouvé – il mourrait comme un chien. Pourtant, il ne fit pas un geste. Il resta là, étendu de tout son long, enfoui dans ses pensées, comme s'il avait encore espéré quelque chose, comme s'il avait guetté quelque événement imprévu. Alors, peu à peu, le mot latin qu'il avait cherché l'instant d'avant lui revint à la conscience ; comme s'il avait réalisé son dernier désir, il le prononça avec délectation, sans même humecter ses lèvres desséchées : FAGUS !

En cherchant, avec le berger, dans les trous humides, dans le feuillage épais des hêtres, dans les hautes herbes poussant entre les souches, nous reconnaissions l'odeur de la résine, de l'amadou, des feuilles pourries et de la mousse. Mais nous n'arrivions pas à flairer l'odeur de notre fuyard.

Il se souleva sur les coudes et, d'après les ombres pittoresques et diffuses, il tâcha de déterminer depuis combien de temps il était là, étendu sous ce feuillage doré qui lui cachait le ciel. Mais, bien qu'il se fût tout de suite convaincu qu'aucune ombre n'avait bougé du moindre millimètre, il ne parvenait pas à chasser l'impression qu'il avait passé beaucoup de temps dans cet endroit frais. Maintenant, il entendait les appels désordonnés des oiseaux et percevait distinctement le souffle tranquille et profond de la forêt. Il sentait des forces nouvelles circuler dans son corps, et sa conscience qui, l'instant d'avant, avait sombré dans une sorte de léthargie, se remettait à pulser, de plus en plus vite, surprise, peut-être, par ce fait indiscutable : le seul instant pendant lequel il ne s'était rien passé lui avait semblé long, immense, presque infini. Il sourit. Il savait que cette impression provenait du caractère illusoire de la notion du temps, qui varie avec notre état. Il savait, par exemple, qu'un instant de douleur dure toujours plus qu'un instant de joie. Pourtant il se demandait comment fonctionnerait cette étrange loi s'il renonçait à son dessein et décidait de vivre jusqu'au bout le temps que lui assignerait le destin : le temps qui lui restait lui semblerait-il long, comme toute souffrance, ou bien au contraire le verrait-il fondre comme un morceau de glace dans le creux de la main, s'évanouir en un instant comme la dernière illusion ? Quoi qu'il en fût, il voulut du moins évaluer le temps réel qui lui restait. Il calculait posément, convertissant les jours en heures, les heures en minutes ; pour finir, il fit une multiplication et arriva à la conclusion que s'il vivait quatre-vingt-dix jours, il lui restait encore 2160 heures ou 129 600 minutes, sans compter le jour présent qui, selon toute apparence, avait été gaspillé. Il lui sembla que ce n'était pas si mal, à condition, bien entendu, de vivre chacune de ces minutes intensément, comme si elle lui avait réellement offert la dernière chance de sentir quelque chose de beau et d'important.

Ensuite, un garde forestier vint se joindre à nous. De façon curieuse, il est vrai. Il s'approcha de nous par-derrière, sans bruit, et dit : « Celui que vous cherchez est maintenant sous ma responsabilité ! » Avant d'avoir réalisé le sens de ces paroles, nous sursautâmes au bruit de sa voix et nous retournâmes : debout, imposant et hautain, il souriait, conscient peut-être de nous avoir surpris par sa présence et son insolence. Puis il répéta : « Cet homme m'appartient ! » « Comment ça, bégaya Jakov, expliquez-vous ! » « C'est clair : je dois répondre de la flore et de la faune de cette forêt, c'est-à-dire de tout le monde végétal et animal ! » « Mais vous n'êtes pas chargé des humains, et de plus vous n'avez pas le droit de protéger celui que nous cherchons », dis-je. « Par ma foi, je n'ai pas l'intention de le protéger », chuchota le garde sur un ton de confidence. « Au contraire je veux être le premier à le prendre au collet ! » Jakov et moi protestâmes énergiquement. Nous estimions que personne n'avait le droit de nous subtiliser notre fuyard, alors que nous lui avions donné la chasse toute la matinée. Le garde nous demanda ce qu'il nous avait fait. Nous ne répondîmes rien, peu soucieux de lui expliquer toutes les raisons et circonstances qui nous avaient arrachés à notre merveilleuse sérénité et mis dans cet état d'exaltation fébrile. « Alors, c'est un secret », railla-t-il. « Ce n'est pas un secret, mais nous n'avons pas envie de vous faire nos confidences », dis-je. Le garde se tut. Les yeux fermés, il tira quelques bouffées de sa cigarette. Puis il sourit avec effort et nous raconta que, l'automne dernier, l'homme qu'il venait de voir disparaître derrière un hêtre lui avait volé son fusil : il avait dû emprunter une grosse somme d'argent pour en acheter un autre, ayant honte d'avouer à l'administration qu'un vulgaire voleur l'avait désarmé pendant son sommeil ; celui-là, s'il pouvait l'empoigner, il saurait le forcer à lui rendre son fusil ou à le dédommager, à moins qu'il ne lui arrache le cœur de ses propres mains ! Tâchant de couvrir la voix du berger qui réclamait lui aussi une indemnité pour son chien, nous priâmes le garde de ne pas s'emballer : avant d'arracher des cœurs, nous avions des comptes urgents à régler avec cet homme ; nous proposions donc de ne pas perdre notre temps en vaines discussions et de passer rapidement à l'action. À notre surprise, le garde acquiesça, mais, à voix basse, d'un ton presque glacial, il y mit cette condition : c'est lui qui commanderait !

Il se redressa et caressa de la main la branche basse du hêtre doré auquel il n'avait plus envie de se pendre. Il hésitait sur le parti à prendre : attendre la nuit caché dans ce feuillage épais, ou bien retourner à la gare. Il sentait déjà le temps couler comme du sable, alors qu'il devait remplir chaque instant qui lui restait de quelque chose qui méritât d'être vécu. Et pourtant il ne bougeait pas, il avait peine à croire à une si complète métamorphose. Debout, immobile, il prêtait l'oreille à une voix confuse qui s'élevait en lui ; puis soudain il comprit qu'en fait cette voix venait de l'extérieur. C'était un bruit étrange, semblable au frémissement d'une feuille de métal ou au râle d'un animal, à moins que ce ne fût le chuchotis étouffé et dangereux de ses poursuivants. À cette pensée la peur le prit et il s'enfuit vers le milieu de la forêt.

Lorsque nous eûmes accepté sa ridicule condition, le garde, à pas feutrés, nous conduisit à un hêtre isolé sous lequel, à notre grand dépit, nous ne trouvâmes que le sol foulé, remué, des feuilles humides, de la mousse arrachée et une cravate de soie nouée à une mince ceinture de cuir. Notre guide n'eut pas l'air contrarié ; il sourit d'un air supérieur et dressa la tête comme un cerf. Tout droit, immobile, les yeux fermés, il s'efforçait, dans le murmure léger et mystérieux des arbres dont les frondaisons, bien qu'il n'y eût pas de vent, bruissaient de façon inexplicable, de discerner un bruit ou une odeur qui pourraient nous conduire sur la trace du fuyard. Puis, quand nous eûmes presque perdu espoir, il tressaillit et se mit à courir vers le milieu de la forêt. Nous le suivîmes, tout en pensant qu'il nous jouait la comédie ; mais soudain, entre les troncs lisses et de plus en plus drus, nous aperçûmes une haute silhouette sombre, trébuchant comme un animal effarouché et à bout de forces.

Enfonçant jusqu'aux chevilles dans une couche molle et humide de feuilles, il pensa qu'il boitait. Puis il comprit qu'il venait de perdre son soulier droit et il se retourna pour le chercher des yeux. Au même instant, il aperçut entre les grands arbres quatre silhouettes humaines penchées en avant. Il ne comprit pas, tout d'abord, que le nombre de ses poursuivants avait augmenté. Mais quand, l'instant d'après, il se rendit à l'évidence, il pensa qu'il n'échapperait pas à ces gens et qu'il ne sortirait jamais de cette forêt ! Néanmoins il continua à courir, sentant sa peur croître en même temps que le désir de vivre qui s'était éveillé en lui. À un certain moment, sans interrompre sa course, il arracha son soulier gauche d'un geste rapide et maladroit, et se sentit soudain plus léger et plus leste.

Nous avions peine à le suivre, car il courait de plus en plus vite, faisant des crochets tantôt à gauche, tantôt à droite pour donner le change.

Maintenant, il avait l'impression de tourner en rond, ayant perdu toute notion d'espace et de temps. Il s'était fait autour de lui un étrange et profond silence, la forêt tout entière lui semblait froide et immobile, comme découpée dans du cuivre, il n'y avait plus de chants d'oiseaux, de bruits de feuillage, il ne percevait même plus son propre souffle.

Il finit par disparaître dans cette forêt qui, dans la lumière palpitante de l'après-midi d'août, retentissait des chœurs allègres des oiseaux et d'une multitude de sons mystérieux, comme si elle avait voulu dire sa joie de lui offrir un refuge et peut-être le salut.

Tournant dans un cercle magique d'obscurité et de silence, il se crut retourné au cœur de la forêt où il s'était réfugié, il y avait bien longtemps, par une nuit hostile de son enfance, après avoir fui une cabane de berger sur la Prekornica ; il ne se souvenait plus s'il avait réellement commis une faute, ou s'il avait seulement peur d'avoir fauté ; mais il se rappelait bien qu'il avait plus peur des hommes que des loups et que c'est pour cela qu'il s'obstinait à ne pas répondre aux appels prolongés de ses parents qui le cherchaient dans la montagne à la lueur de torches et l'exhortaient à revenir ; épuisé, affamé, transi, épouvanté par les hurlements des loups, il était resté jusqu'à l'aube, les yeux fixés sur la cime blanche de la Prekornica, obsédé par l'envie d'aller y chercher asile et se libérer de sa frayeur sous le couvercle étincelant du ciel. Et maintenant, à cette pensée, ce sommet blanc et irréel surgit soudain devant ses yeux, comme s'il émergeait de la brume, et il eut davantage encore l'impression d'être retourné dans cette forêt glaciale.

Si faible que fût notre espoir, nous le cherchâmes longtemps, blessés par les buissons d'épines, les bardanes et les orties, trébuchant dans les fourmilières et les creux de pierre que cachaient les hautes fougères. Les branches basses nous cinglaient les yeux, les abeilles nous piquaient. Nous étions écorchés, mouillés, souillés de terre et, bien entendu, furieux après cette canaille à qui nous promettions à grands cris que, si nous l'attrapions, il regretterait de nous avoir rencontrés.

Il déboucha soudain sur le vaste espace vallonné du plateau et trébucha, les yeux blessés par la clarté aveuglante de l'après-midi d'août. Pourtant il se redressa, retrouva sa cadence et éleva sa main au-dessus de son front pour se protéger du soleil trop violent et de la clarté du ciel libre.

En débouchant hors de la forêt, nous l'aperçûmes de nouveau : il descendait le plateau verdoyant. Bien qu'il fût loin devant nous, nous vîmes qu'il titubait et se dandinait comme un homme ivre ou complètement épuisé ; mais notre première idée fut qu'il était fou d'être sorti à découvert, car, dans ce vaste espace nu, il n'avait aucune chance de nous échapper.

Tout joyeux et soulagé de s'être arraché à cette forêt froide et morte, il se demandait maintenant s'il pourrait se dérober à ce soleil et venir à bout de l'immense espace qui s'étendait devant lui.

Nous étions tous si furieux qu'on nous eût dits capables de rattraper, sur ce plateau dénudé, l'animal le plus rapide et, à plus forte raison, un homme maladroit et fatigué.

Il ne se retournait plus pour dénombrer ses poursuivants ou voir s'ils s'étaient dangereusement rapprochés, car il savait que ses yeux éblouis l'auraient sûrement trompé. Il courait droit devant lui, dans une herbe épaisse et tendre où il avait une envie folle de se jeter, comme dans une onde frémissante, dans l'espoir d'y sombrer, raide et immobile, comme une pierre. Ce désir devint même si fort qu'il crut qu'il allait y céder en sachant fort bien qu'il ne pouvait plus s'arrêter et laisser ces gens le rattraper. « Si tu n'en peux plus, se dit-il à lui-même, essaie de trouver de nouvelles forces en pensant à quelque chose d'important ! Pense à la raison pour laquelle tu es décidé de vivre ! »

C'est alors que nous vîmes ces gens, qui couraient à nos côtés, et dont nous ne pouvions nous expliquer la présence. Peut-être, après tout, étaient-ce les pensionnaires de quelque chalet de montagne, ou bien des excursionnistes désœuvrés qui n'avaient pas pu résister à la tentation de prendre part à une course excitante et aventureuse. Bien sûr, rien ne nous empêchait de leur demander qui ils étaient et pourquoi ils s'étaient joints à nous. Nous n'en fîmes rien : nous poursuivions le même homme, n'est-ce pas, et qu'importaient les raisons qui nous liguaient contre lui ?

Regardant en arrière, scrutant le passé, il cherchait à se raccrocher à quelque chose qui lui donnât la volonté et la force de tenir bon. Mais ses efforts étaient vains : il n'avait pas de fils pour continuer sa race, pas de femme pour le pleurer, pas même, après quinze ans de recherches obstinées, une formule chimique qui pût perpétuer le souvenir de son existence ! Il lui sembla soudain qu'il ne laissait derrière lui qu'un vide et un désert d'où il ne pouvait faire resurgir nulle image, nulle voix, nulle odeur, rien qui lui donnât l'assurance d'avoir réellement vécu. Les mains tendues vers le lointain bleuâtre qui s'étendait à perte de vue, il se mit à sangloter : il avalait ses larmes mêlées de sueur et alourdies par le pollen qui, sur son passage, s'échappait des fleurs et planait au-dessus de lui comme un essaim de mouches brillantes. Mais en ce morne instant de sa métamorphose il ne savait pas s'il pleurait parce que tout ce qui est la vie lui avait échappé, comme emporté par un tourbillon, comme s'il n'avait pas su ou pas voulu vivre, ou bien si, par ces sanglots incontrôlés, il se résignait déjà à l'idée que les 2160 heures qui lui restaient ne lui permettraient pas de rattraper tout ce qu'il avait laissé échapper pendant trente-sept ans.

Nous connûmes bientôt les raisons inattendues qui avaient poussé ces gêneurs à se joindre à nous. Brusquement, l'un deux se mit à crier : « Je ne veux plus fuir ! Je n'ai rien fait de mal ! » Les autres l'entourèrent, disant qu'eux non plus n'avaient rien fait de mal, mais qu'ils fuyaient quand même parce qu'il le fallait bien, et qu'il serait bien imprudent de rester en arrière et de s'exposer aux pires dangers. Nous leur jetâmes un regard de côté en riant de leur méprise. « Nous ne fuyons pas, leur dit Jakov, nous poursuivons quelqu'un ! » Ils regardèrent fixement dans la direction qu'il leur montrait de son long bras tendu, et parurent rassurés. Ils commencèrent à poser des questions, demandant ce que nous avait fait cet homme, qui fuyait là-bas au loin, et ce que nous avions l'intention de lui faire quand nous l'attraperions. Naturellement, nous ne répondîmes rien. Mais, comme ils insistaient, j'explosai : « Que diable, mais qu'est-ce que ça peut bien vous faire ? » « Ah pardon, quand nous poursuivons un homme, nous voulons savoir pourquoi », dit celui qui ne voulait plus fuir. « Et qui vous dit que nous allons vous laisser le poursuivre ? », ricana le garde. Ils s'éloignèrent de nous et se mirent à se concerter à voix basse. Finalement, l'un d'eux s'écria résolument : « Nous allons quand même le poursuivre un peu, et personne n'a le droit de nous en empêcher. » « Mais qu'est-ce que vous avez à lui reprocher ? », demandai-je. « Ça, c'est notre affaire, dit d'un air arrogant le plus petit du groupe, et nous n'avons pas de comptes à vous rendre ! »

Il pensa alors que tout n'était peut-être pas perdu : s'il vivait pleinement chacun des instants à venir comme s'il était le seul et le dernier, peut-être finirait-il par avoir l'impression d'avoir eu sa part de la vie.

Et nous continuâmes la poursuite tous ensemble. Courant droit devant lui, sans se retourner pour nous voir, il réussissait, par je ne sais quel miracle, à conserver son avance ; et nous nous sentions bernés et ridicules ; le soleil nous frappait en plein front, la sueur nous coulait dans les yeux, nous commencions à tituber de fatigue et de soif. Est-ce pour cela que nous nous mîmes soudain à l'injurier, le traitant de tous les noms, l'accablant des plus noires injures, lui promettant de lui régler son compte sans aucune pitié ?

Il se demandait ce qu'il fallait faire pour arriver à cette conviction : trouverait-il ce fameux composé chimique au nom duquel il avait gaspillé sa jeunesse ? Parviendrait-il à voir toutes ces villes, ces montagnes et ces mers lointaines dont il avait toujours rêvé, remettant le voyage à des temps plus propices ou à une meilleure occasion ? Réussirait-il, dans les nuits de plus en plus courtes qui restaient, à serrer dans ses bras toutes les femmes que, enfermé dans son laboratoire, il n'avait même pas eu le temps de désirer ? Éprouverait-il de l'émotion à tous les spectacles qui l'avaient toujours laissé indifférent ? Saurait-il, dans tout ce qu'il n'avait jamais remarqué, découvrir une beauté dont il pourrait jouir ? Saurait-il, dans ce temps si bref, éprouver assez de souffrance et assez de bonheur pour être convaincu d'avoir réellement vécu sa vie d'homme ?

Nous commencions à perdre tout espoir de jamais le rattraper, car il courait réellement plus vite que nous et ne cessait de prendre de l'avance, comme si tout là-bas, au bout de ce plateau jauni, l'avait attendu une chose qu'il désirait désespérément. Avions-nous, dans ces conditions, d'autre ressource que de le haïr ? Bien entendu, quand nous commençâmes à le haïr, nous ne nous doutions pas, tout d'abord, que ce sentiment puissant et merveilleux qui nous situait par rapport à lui avait tout de suite effacé les différents motifs qui nous avaient jusque-là poussés à le poursuivre ; nous fûmes soudain plus proches les uns des autres, presque identiques, nous nous ressemblions, jusque dans notre aspect extérieur : trempés de sueur, le visage crispé, courbés en avant, nous courions au même rythme et respirions du même souffle, comme une meute de chiens harassés qui ne puisent leur force que dans la fureur et la haine.

Tandis qu'il cherchait la réponse à toutes ces questions, fixant sa propre mort comme un miroir obscur, sa vie tout entière se réfléchit soudain avec une effrayante netteté, image toute proche, aux lignes disgracieuses et aux couleurs criardes ; elle se mit à danser devant ses yeux et il comprit soudain que l'existence de l'homme n'a de sens que grâce à l'amour et à la beauté, c'est-à-dire ce qui faisait totalement défaut dans cette image laide et terne de sa vie. Troublé par le secret simple et merveilleux qu'il venait de découvrir, il eut l'impression que le paysage s'était brusquement modifié : les sommets noirs et dentelés des montagnes devenaient de plus en plus transparents et, comme des ombres diffuses, se fondaient dans les fronces duveteuses de la voûte du ciel ; l'herbe drue qui l'entravait l'instant d'avant devenait tendre et bleuissait ; tout le plateau ondoyant ressemblait à la mer ! Pourtant cette métamorphose ne le surprit pas. Il savait que désormais les choses se réfractaient en lui différemment, car il était en état de découvrir la beauté qui se cachait en chaque objet et d'éprouver de l'amour pour le monde entier. Il commençait à croire qu'il parviendrait à tromper le destin. Peut-être est-ce pour cela qu'il courait de plus en plus vite, conscient que, dans cette course folle, il n'était plus soutenu ni par la peur ni par le désespoir, mais seulement par la pensée palpitante qu'il pouvait vraiment se sauver ; à cette pensée, il chancelait et trébuchait de plus en plus ; il sentit s'élever dans sa poitrine et se répandre dans tout son corps, comme une vague de feu, un désir violent, inexplicable, de voir la mer !

En fait, cette haine que nous avions pour lui était comme un désir terrifiant et merveilleux.

En cet instant il désirait : le grondement énigmatique des vagues se brisant sur la grève ; le silence apaisant du calme plat ; les jours incandescents où les lichens se désagrègent sur la pierre noircie et où une sève sucrée suinte des figues gonflées et bien mûres ; le cri-cri assourdissant des cigales invisibles ; l'odeur âcre et irritante du sel, du goudron, du poisson frit, des algues sèches, de l'iode, du vin rouge, de l'huile d'olive brûlée ; les nuits calmes sous un ciel bas qui, telle une cloche d'argent, se réfléchit dans les profondeurs de la mer ; il désirait une plage déserte du Midi, près de Budva, où il resterait seul, étendu sur le sable chaud, immobile, émerveillé par toute chose comme si le monde entier n'existait que pour lui ; il désirait aussi, presque avec désespoir, un corps de femme ardent et impudique, alangui par le soleil et par l'attente, pour s'y abîmer tout entier, oubliant la mort et le temps !

Nous avions une envie furieuse de le rattraper le plus vite possible et de lui faire payer cher tout ce qu'il nous avait fait endurer. Tout à notre fureur et comme malgré nous, nous lui promettions en haletant, à petits cris entrecoupés que, malheureusement, il ne pouvait pas entendre, de le fouler aux pieds comme un serpent, de le mettre en lambeaux, de le réduire en bouillie, de lui arracher ongles et dents, de lui emplir la bouche de terre, de lui cracher dans les yeux ; et pour finir, alors qu'il serait encore vivant et en état de s'en rendre compte, nous lui arracherions le cœur, si du moins il en avait un !

En cet instant merveilleux, tandis que, dévoré du désir de la mer, il aimait en réalité l'univers entier, parce qu'il lui appartenait et qu'il savait qu'il lui appartiendrait jusqu'à son dernier souffle, il ne se doutait même pas que ses pieds et ses chevilles lacérés laissaient derrière lui dans l'herbe foulée une trace de sang rougeâtre. Il n'avait plus mal aux yeux et n'éprouvait plus le besoin de leur faire un écran avec sa main ; et dans l'espace ondoyant, dont les limites ne cessaient de s'élargir, il ne se sentait plus, comme avant, seul, sans défense et minuscule.

Or, tandis que, presque aveuglés par cette course en plein soleil et par la haine, nous épanchions notre colère, des gens, qui semblaient sortir de terre, ne cessaient de se joindre à nous : c'étaient tantôt des paysans armés de fourches, de faux et de bâtons de cornouiller, tantôt des montagnards coiffés de chapeaux empanachés, chargés de piolets et de rouleaux de corde, tantôt de chétifs et pâles excursionnistes en costumes d'été clairs et proprets. Et chose étrange, soit qu'ils eussent quelque raison de se joindre à nous, soit que, nous ayant aperçus par hasard, ils eussent vu dans cette course folle l'occasion inespérée de faire quelque chose de peu commun et d'excitant, ils étaient tous rapidement gagnés par notre haine et se fondaient dans notre meute hurlante qui, comme un vent fou, comme le feu, se rapprochait de plus en plus de cet homme épuisé qui semblait déjà perdu.

Maintenant tout lui semblait à la fois plus beau et plus réel, et il ne lui venait pas un instant à l'esprit que quelqu'un pût lui vouloir du mal.

Aveuglés par la haine qui s'était peu à peu emparée de nous, nous ne remarquâmes pas tout de suite les femmes en noir qui couraient à nos côtés, menues et osseuses comme des corneilles des bois : elles s'arrêtaient fréquemment et, avec des voix nasillardes et traînantes, elles poussaient des plaintes entrecoupées de sanglots, nous exhortaient et peut-être imploraient notre pitié, ce qui ne faisait que nous irriter encore davantage, et nous inciter, avec le peu de forces qui nous restait, à courir encore plus vite sus à cet homme dont nous nous étions déjà tellement rapprochés que même un miracle n'aurait pu le sauver.

Voulant s'assurer qu'effectivement aucun danger ne le menaçait, il s'arrêta brusquement.

Soudain, sans comprendre ce qui s'était passé, nous vîmes qu'il s'était arrêté : plié en deux de façon cocasse, il se balançait d'arrière en avant et on aurait dit qu'il s'inclinait inlassablement pour saluer quelqu'un ou que la terre, au moment suprême, l'attirait à elle de façon irrésistible et lui ôtait le pouvoir de se redresser. Un moment se passa avant que ne surgît sa haute stature.

Puis il se retourna lentement, presque sûr qu'il ne verrait personne.

Grand et maigre, tout de noir vêtu, il attendait, tel un corbeau affamé.

Effectivement, il lui sembla tout d'abord que rien ne bougeait dans ce paysage plat qui s'estompait dans le calme bleuâtre de cet après-midi torride, et il crut enfin être seul. Mais le vaste espace qui le séparait de la forêt s'anima soudain et il se demanda s'il pouvait croire au spectacle invraisemblable qu'il avait sous les yeux.

Il nous semblait impensable qu'il fût assez naïf ou insensé pour attendre de nous quelque clémence après nous avoir provoqués, humiliés et tourmentés toute la journée. Pourquoi alors nous attendait-il ? Que pouvait-il bien espérer ?

Ce qu'il voyait, c'était un grouillement de silhouettes humaines qui s'approchaient de lui, fendant les hautes herbes. Tous ces gens-là couraient à qui mieux mieux, tombaient, rampaient et se relevaient pour reprendre aussitôt la poursuite, comme si le contact avec le sol où, peut-être, ils avaient flairé ou léché sa trace, leur avait donné de nouvelles forces ou un surcroît de haine ; en cet instant interminable et terrifiant, il ne parvenait pas à s'arracher à l'impression qu'une meute de chiens furieux se ruaient vers lui, que rien ne les empêcherait de le dépecer et de disperser sa dépouille comme une loque déchiquetée sur l'étendue de ce plateau bleuté, tandis que dans les hauteurs du ciel s'éveillait déjà un murmure qui pouvait être le sifflement impavide du vent, ou, pourquoi pas ? le grondement inexorable et inconcevable du temps qui passe.

Quoi qu'il en fût, nous approchions de lui avec une égale fureur, car rien ne pouvait plus nous arrêter ou nous faire hésiter !

Mais il ne songeait même pas à fuir, sentant qu'il n'avait aucune chance d'échapper à la haine implacable de cette foule !

Et pourtant, contre toute attente, nous nous arrêtâmes lorsque pour des raisons insaisissables il se tourna vers nous. Stupéfiés, nous le regardions s'approcher lentement de nous, d'une démarche presque aérienne : les yeux fixés dans le lointain au-dessus de nos têtes, il souriait à la façon d'un fou ou d'un aveugle. De la sueur coulait de son front le long de ses joues mal rasées et l'on aurait dit qu'il pleurait.

Il souriait, se souvenant que dans son enfance, tout de suite après la mort de son père et de sa mère, il avait imaginé que dans chaque regard, dans chaque main tendue vers lui, même pour le caresser, il y avait la menace de je ne sais quel mystérieux danger ; c'était pour cela que, chaque fois qu'il sombrait dans un désespoir dont la cause lui échappait ou qu'il se sentait désemparé, indésirable, malheureux orphelin recueilli par des parents rudes et pauvres, il aspirait au sommet blanc et irréel de la Prekornica qui, depuis la nuit de sa fugue, lui apparaissait, dans ces moments-là, comme l'unique chance de salut ; et maintenant, chose étrange, après tant d'années, marchant à la rencontre de cette meute déchaînée, il s'efforçait désespérément de discerner dans le ciel vide les purs contours de ces sommets neigeux, afin de s'élever, au moins en pensée, au-dessus de lui-même et de sa peur.

Ce n'est que lorsqu'il fut tout près de nous que nous vîmes que le rictus de son long visage crispé aux grands yeux blêmes, que nous avions tout d'abord pris pour un sourire, était en fait la grimace d'une intolérable douleur.

Mais maintenant, les yeux voilés, il ne parvenait pas, comme jadis, à rappeler cette vision salvatrice, et il se demandait avec étonnement et tristesse comment lui qui, depuis l'enfance, et par une sorte d'instinct miraculeux, fuyait les hommes plus que les loups, avait pu permettre à ces gens de le rattraper aujourd'hui, alors que, plus que jamais, il voulait leur échapper.

Et comme si nous nous étions trouvés soudain face à face avec un démon ou un vampire, nous reculâmes tous, frappés de terreur.

Il lui sembla alors que dans le spectacle qui, l'instant d'avant, lui avait brûlé les yeux, quelque chose avait changé, mais il ne parvint pas tout de suite à saisir ce que c'était. Ce n'est qu'au bout d'un moment qu'il s'aperçut que cette foule éreintée et suante se retirait lentement, reculait devant lui, comme si elle avait eu peur de le voir s'approcher de trop près. Il sourit à nouveau, surpris du tour inattendu et presque invraisemblable que prenaient les choses, et il pensa qu'en lui aussi un changement commençait à s'opérer, car dans le frisson agréable qui parcourait son corps, il percevait déjà une sensation forte et tout à fait nouvelle qui, au bruit assourdi de son pouls, étouffait tout ce qui, jusqu'alors, avait existé en lui.

En fait, nous reculions devant sa haine presque inhumaine, qui, sans nous faire peur, nous rendait tout à fait incapables de nous opposer à lui de quelque façon que ce fût.

Il savait que ce qui montait en lui, c'était de la haine pour ces gens qui reculaient à son approche, pour cette herbe qui buvait son sang comme de la rosée, pour cette mer qu'il n'atteindrait jamais, pour ces femmes qu'il aurait voulu aimer, pour cette lumière qui allait s'éteindre dans ses yeux, pour tout ce qui existait, car tout cela continuerait à exister sans lui !

Nous aurions pu croire qu'il nous avait ensorcelés !

Haïssant le monde entier, il crut qu'il allait se consumer ou perdre la raison !

Les femmes en noir, qui continuaient à gémir et à se lamenter doucement, étaient sans doute les seules à résister encore au pouvoir mystérieux et surprenant qu'avait sur nous cet homme défiguré.

C'est alors que surgit des brumes d'un temps révolu et s'imposa à lui en images claires et inaltérables, le récit entrecoupé de complaintes et de plaisanteries qu'il avait entendu jadis, dans son enfance, au sujet de l'étrange événement qui s'était produit bien des années avant sa naissance, peut-être justement par un jour d'août torride comme celui-ci, peut-être à la même date : ce jour-là, son bisaïeul Joksim, à l'âge de quatre-vingt-treize ans, avait commencé sa deuxième vie à l'instant même où les gens assemblés autour du lit où il gisait immobile depuis plusieurs jours, avec un souffle presque éteint qui palpitait comme une chandelle dans le vent, le croyaient déjà perdu ; l'immense vieillard, le visage gonflé, ouvrit soudain l'œil gauche et, d'un long regard où il n'y avait ni éclat, ni douleur, ni espoir, parcourut les visages de ses proches, parents et voisins, sans montrer en rien qu'il les reconnaissait ou attendait quelque chose d'eux, jusqu'au moment où, apercevant sans doute par hasard sur le sol de la terre battue le cercueil déjà prêt, grossièrement taillé dans du sapin encore humide et odorant, et le linceul blanc un peu jauni par la pluie et le soleil, il entreprit, contre toutes les lois de la nature, de se relever, tout doucement, comme s'il avait soulevé une montagne ou repoussé la mort qui l'avait déjà terrassé et, peu à peu, se remit sur ses pieds ; puis, sans regarder personne de son œil ouvert, comme un vampire, d'un pas lent et silencieux, il s'approcha du feu qui pétillait dans l'âtre et, de sa main osseuse, avec encore plus de lenteur, retira de la marmite bouillonnante un morceau de la viande séchée et fumée destinée, selon le vieil usage, au repas funéraire et, comme s'il ne cherchait pas à apaiser sa faim, mais voulait jouer un mauvais tour à quelqu'un, il l'avala en quelques bouchées ; ensuite, toujours comme s'il avait été seul, il prit une lourde hache et, tout en gémissant, plus émouvant qu'un animal malade, il mit en pièces le cercueil sentant la forêt, long de deux mètres et aussi large que ses formidables épaules qui, dès qu'il lâcha la hache et les copeaux de sapin blanc et parfumé, se tendirent d'elles-mêmes, comme un arc menaçant ses proches, parents et voisins, toujours persuadés que par cette résurrection inattendue il voulait seulement se moquer d'eux une dernière fois, ce dont il s'empressa de les dissuader lorsque, avec un sourire malin qui creusait encore davantage les rides de son visage fripé, il ouvrit son deuxième œil et, énorme, velu, tout gonflé, sentant l'urine et la mort, les regarda dans les yeux et les dévisagea longuement avec mépris, tandis qu'ils baissaient les yeux et reculaient en se bousculant, tremblant à l'idée de ce qui les attendait, mais ne se doutant pas qu'il allait finir, en un juron retentissant, par les chasser tous de cette maison que dans sa jeunesse il avait bâtie de ses propres mains, leur prouvant ainsi sans ambiguïté qu'il avait bel et bien repoussé la date de sa mort. Il exprima ensuite le désir qu'on lui taillât dans le linceul une chemise et deux caleçons et, au cours des neuf années qu'il vécut ensuite, il les mit chaque fois qu'il lui fallut conduire à sa tombe une des personnes qui, de ses yeux effarés, l'avait vu ressusciter d'entre les morts ! Pensant maintenant à ce fait comme à un miracle que personne n'avait jamais réussi à expliquer, il eut le vague pressentiment que seule la haine pour ces gens qui attendaient sa dernière heure avec indifférence avait pu rendre à Joksim sa force perdue et verser en lui assez de défi pour reprendre le cours déjà interrompu de sa vie. Il fut tout heureux d'être parvenu à percer ce secret : n'allait-il pas, lui aussi, comme ce vieillard dont il continuait la race, trouver dans la haine le salut qu'il n'avait pu trouver dans l'amour ? Et de fait, il lui sembla soudain que son souffle était plus léger et que, montant du sol à travers ses pieds tailladés et sanglants, pénétrait en lui une force inconnue. Et il pensa qu'il pourrait échapper à ces gens s'il tirait parti de sa haine avant qu'ils ne se fussent ressaisis.

Alors, sous nos yeux stupéfaits, il fit volte-face comme une hirondelle de mer et se remit à courir. Nous le regardions sans bouger. Il courait si vite que nous avions l'impression qu'il était porté par une force invisible et surnaturelle.

Courant de nouveau, il savait à présent que, de tout le poids de son désespoir, il s'appuyait sur le vieux Joksim, son ancêtre inconnu et terrible, qui lui communiquait sa haine immense et sa force surhumaine ; ce lien simple, mais bien réel, noué à travers le vide insondable de l'espace et du temps, lui donnait l'espoir merveilleux qu'il réussirait malgré tout à triompher de son destin.

Dieu seul saurait dire pourquoi nous repartîmes à ses trousses. Ce n'est sûrement pas la haine qui nous y poussa. Plus aucune haine n'eût été capable de nous entraîner à la suite de ce spectre qui nous donnait la chair de poule et nous avait glacé le sang. C'était donc quelque chose d'autre, plus terrible et plus dangereux. Peut-être était-ce la mort, gravée sur son visage, que nous n'avions pas tout d'abord reconnue, mais à laquelle nous ne pouvions plus résister ; peu nous importait, à présent, de savoir si nous poursuivions ce spectre terrifiant pour le détruire et l'anéantir avant d'être ses proies, ou si déjà ensorcelés par son pouvoir magique, nous le suivions désormais comme des ombres impuissantes.

Il espérait déjà que, s'il continuait à respirer du souffle de son bisaïeul Joksim, il réussirait, de ces quelques heures qui lui restaient, à faire neuf longues années de vie.

Bien entendu, chacun de nous résistait du mieux qu'il pouvait à la pensée que ce spectre finirait par nous avoir : l'un se signait, l'autre crachait dans sa direction, un troisième chantait, certains même pleuraient en cachette, tandis que les femmes en noir, restées loin derrière, continuaient à se lamenter ; pleurant sur notre sort ou peut-être sur le sien.

Il se demanda même pourquoi il comptait ses jours et ses années, pourquoi il n'espérait pas quelque chose de meilleur et de plus beau, pourquoi il ne se fixait pas pour but d'atteindre le grand âge de son bisaïeul : il savait maintenant que, dans l'immense complexité de la nature, il y avait un remède pour lui, et il avait comme le pressentiment que, dès demain peut-être, on découvrirait ce remède. Courant de plus en plus vite, il s'habituait à cette pensée et se sentait prêt à pleurer de gratitude pour cet inconnu modeste, qu'il imaginait solitaire et malheureux, et qui, par sa découverte peut-être fortuite, allait apporter la paix à lui-même et au monde entier.

Le garde, Jakov et moi, en tirant des coups de feu en l'air, ou peut-être même sur le fuyard, nous efforcions, comme tous les autres, d'échapper à notre frayeur et à toutes ces choses qui passaient notre entendement.

Soudain, il eut peur de ne pas vivre assez et, par le jeu sournois du destin, de mourir le jour même où l'on trouverait le remède qui pouvait le sauver. Et de nouveau il eut devant les yeux l'horrible image de sa décomposition.

En tout cas, nous avions complètement cessé de le haïr ; nous étions à présent obsédés par la pensée qu'entre nous et cet homme qui, grand et presque irréel dans la clarté frémissante du soleil, dévalait de nouveau le plateau jauni, des forces maléfiques avaient créé un lien invisible et mystérieux.

*Et il crut que sa fin était imminente, à moins qu'il ne fît tout de suite, comme son bisaïeul se sauvant à l'instant suprême, quelque chose d'extraordinaire, d'inconcevable, de surhumain. Il courut pendant quelques instants en se demandant ce que son ancêtre, dont la force et la haine le soutenaient encore, aurait pu trouver à faire ; il lui vint alors, comme un étrange pressentiment, l'idée que le vieux Joksim, poussé par un instinct inconnu, comme un animal à qui l'on a donné du poison, aurait su, parmi les milliers d'herbes et de plantes pittoresques dont cette prairie était couverte, flairer la bonne, celle qui contenait le contrepoison qui pouvait le sauver. Au même instant, il lui sembla que quelqu'un poussait sa main vers la haute tige d'une plante dont le nom latin d'*atropa belladona *lui parut soudain plus beau que le nom d'aucune femme. Alors, sans s'arrêter, toujours courant, il arracha une feuille semblable à une feuille de tabac et l'approcha comme une relique de ses lèvres fendillées ; puis il y mordit et sentit tout de* *suite sur son palais desséché le goût amer des alcaloïdes vénéneux. Bien sûr, il n'attendait pas un miracle de cette longue feuille rugueuse couverte d'un duvet blanchâtre, mais il eut soudain une envie désespérée de chercher, dans cette prairie aux couleurs chatoyantes et aux odeurs capiteuses, les plantes médicinales dont le nom lui revenait à la mémoire : l'aconit, la belladone, l'ergot de seigle, la stramoine, la jusquiame, le colchique, la digitale, l'adonis, le sénevé, le raisin d'ours, la gentiane, le muguet, la saponaire, la prêle, la potentille, la quintefeuille, le tussilage, le millepertuis, le genévrier, la millefeuille, l'orchidée, l'aunée, le mélilot et la myrtille. Tout à cette pensée, il s'agenouilla et, tel un animal privé de tous ses instincts, l'air éperdu, il se mit à marcher à quatre pattes.*

Il disparut, à l'improviste, de façon inexplicable, comme il nous était apparu, au petit matin, et nous vîmes alors quelle était la force indestructible du lien qui nous unissait à lui, car au lieu de nous sentir soulagés et heureux d'être enfin débarrassés de lui, nous fûmes tous pris d'une grande agitation, comme s'il nous eût été impossible de nous passer de lui.

Toujours rampant, il fourrait dans sa bouche et avalait avec une avidité désespérée toutes les plantes médicinales qu'il parvenait à identifier, ou du moins qu'il croyait reconnaître, sans omettre le moindre épi mûr, la moindre gousse, la moindre feuille âpre, douceâtre ou juteuse, la moindre fleur bleue, rose, mauve, vert foncé, jaune, rouge ou blanche, car il ne savait pas où se cachait le secret de son salut. Il était pris d'écœurement et de nausée. Mais il était heureux, car aux goûts qu'il percevait, il pouvait se convaincre qu'il ingérait, sous leur forme naturelle, de la coumarine et du tanin, de la saponine et d'autres glucosides, des composés du phénol, de la chlorophylle et des acides organiques, du mucus et des huiles essentielles, de l'arbutine, du sucre et bien d'autres substances chimiques encore inconnues, et il espérait que tout cela, dissous et mélangé par la salive, se combinerait pour donner une substance nouvelle et miraculeuse, qui le guérirait tout à fait.

Ce que nous ressentions n'avait rien d'extraordinaire : cet homme s'était réellement mêlé à notre vie, et nous ne pouvions accepter l'idée de l'avoir perdu pour toujours.

Alors il se coucha dans l'herbe et ferma les yeux. Il n'éprouvait plus ni dégoût, ni écœurement. Il était tout à fait apaisé et détendu, il croyait qu'il allait vivre, qu'il était sauvé.

Nous le cherchâmes longtemps, regardant de tous côtés, faisant courir l'œil sur l'étendue dénudée du plateau. Mais il était introuvable. Ce n'est que lorsque nous vîmes, au loin, des oiseaux qui s'envolaient à chaque instant au-dessus de l'herbe, comme si quelque chose les avait effrayés, que tous ensemble et sans hésiter, nous précipitâmes dans cette direction. Jakov et le garde forestier couraient en tête, tirant des coups de fusil de plus en plus rapprochés, comme pour rappeler à cet être mystérieusement disparu que nous n'avions pas renoncé à nous saisir de lui.

La pensée de ces gens qui le poursuivaient le força à ouvrir les yeux : il semblait scruter les hauteurs infinies du ciel, mais en fait, il regardait en lui-même. Il se demanda alors : « Suis-je sauvé ? Y a-t-il un salut ? » Cependant, il ne bougeait pas. Il restait étendu, tranquille et satisfait, conscient d'avoir fait tout ce qu'il pouvait pour son salut : maintenant, rien ne dépendait plus de lui.

Courant au hasard, nous nous encouragions mutuellement, car le soleil, dans sa course spectrale, déclinait déjà vers les cimes aiguës des montagnes, et les oiseaux effarouchés tournoyaient maintenant en multitude au-dessus de nos têtes et cherchaient un endroit où se percher pour la nuit. Nous n'avions donc plus un instant à perdre, et seuls le hasard ou la chance pouvaient nous faire retrouver notre fuyard.

Son regard plongea de nouveau dans le vaste ciel vide et s'arrêta sur un nuage blanc et troué qu'il prit un instant pour la cime enneigée de la Prekornica, et il tressaillit de joie à l'idée que malgré tout il s'était peut-être rapproché du Monténégro et que si ces chiens furieux ne le trouvaient pas avant la tombée de la nuit, il réussirait à atteindre son pays natal. Aussi décida-t-il d'attendre la nuit là où il était, blotti et caché dans les hautes herbes.

Courant à toutes jambes, nous aperçûmes, à notre gauche, une maisonnette isolée qui semblait surgir de terre ; près du mur jaune fait de troncs équarris se détachaient deux silhouettes humaines. C'étaient, visiblement, un homme et une femme. Ils nous faisaient signe, lentement, l'air absent, comme si les bras qu'ils agitaient n'eussent pas été à eux, tandis que leur chien, invisible à nos yeux, hurlait d'une voix enrouée.

Pourtant, il ne put résister à la tentation de se lever. Tenant à grand peine sur ses pieds enflés et sanglants, il jeta un regard autour de lui. Il était sûr que de son œil gauche (le droit était fermé comme celui de Joksim au moment de sa résurrection) il verrait ces gens déchaînés s'approcher de lui sans bruit, tirant la langue, les pupilles jaunes, armés de fusils, de fourches, de haches, de couteaux et de bâtons. À sa grande surprise, il ne vit rien ! Et quand il ouvrit son second œil, il vit qu'effectivement il était seul.

Pourquoi cet homme et cette femme n'en finissaient-ils plus d'agiter les bras en un geste d'adieu ? Pourquoi le chien hurlait-il de cette voix apeurée, comme s'il eût flairé en nous l'odeur de la mort ? Pourquoi étions-nous si désespérés que cet homme nous eût échappé ? Avions-nous un tel besoin de lui ? Ou bien essayions-nous de nous leurrer, d'échapper à nous-mêmes ? Que se passait-il ?

Un peu plus tard, il revit la meute, loin vers sa gauche, qui dévalait une pente raide en tournoyant comme un essaim d'abeilles disloqué. En les voyant ainsi, dans la lumière trompeuse du mois d'août, il crut que ces gens étaient ses mauvais esprits : désespérant de sortir de lui-même, il les avait suscités et en fuyant pour échapper à leur haine, il se donnait le droit de haïr le monde qu'il était contraint de quitter. Il crut qu'il avait inventé aussi cette douleur à l'estomac et que tout ce qui lui était arrivé dans l'incandescence de ce jour hostile n'était qu'une hallucination, un étrange cauchemar né de lui-même. Et il se réjouit de voir ce cauchemar le quitter pour toujours avec ces fantômes ridicules disparaissant au loin dans la lumière palpitante du couchant. Il sentait la force lui revenir, mais il ne songeait plus à fuir. Il pouvait enfin, dans ce monde infini, déterminer sa place, car il était sûr d'avoir échappé à la mort ; instruit par toutes les choses qu'il venait de voir et qui avaient déjà sombré dans l'abîme du passé, il saurait désormais comment il fallait vivre. Car il avait percé le secret, il connaissait enfin le sens profond de l'existence : rien n'a de signification que dans l'amour et la beauté. Il eut envie d'embrasser tout de suite, d'un seul regard, toute l'immensité de ce pays sauvage et inconnu où il avait réussi à se vaincre lui-même. Il regarda plusieurs fois à droite et à gauche, puis n'ayant plus peur de la mort ni des hommes, il courut vers un haut rocher dentelé qui se dressait, tel un énorme champignon troué, au milieu du plateau vacillant. Il n'éprouvait ni douleur ni fatigue. Il ne pensait plus au vieux Joksim. Il n'avait plus besoin de l'aide de personne.

Nous savions que cet homme, disparu mystérieusement à nos yeux, détenait la réponse à toutes ces questions que faisaient naître en nous la peur et la perplexité. Aussi, si faible que fût notre espoir de le retrouver, nous ne pouvions plus renoncer à le chercher.

Déjà, il était perché au sommet du rocher, haletant et heureux, tandis qu'au loin les rangs clairsemés de ses poursuivants erraient au hasard et sans but. Dans ce vaste espace où se confondaient la terre et le ciel, ce n'était plus qu'une poignée d'hommes désemparés. Ils se penchaient, s'enfonçaient dans les taillis, en ressortaient tout dépités et se mettaient à tourner en rond comme des guêpes prisonnières d'une cloche de verre. Il les voyait si pitoyables, si égarés, qu'il ne pouvait pas douter de leur existence. Il eut même envie de leur crier quelque injure ou de leur faire un geste de défi, car il était sûr d'être aussi totalement hors de danger que sur la cime blanche de la Prekornica.

Errant de la sorte et perdant tout espoir, nous découvrîmes par hasard une source qui, restant prisonnière de sa vasque naturelle, ressemblait à un petit lac, œil violet de la montagne, fixant la profondeur infinie du ciel embrasé. Nous étions trop échauffés par la course et trempés de sueur et personne ne se décidait à boire. Dans le premier mouvement de tentation, nous nous étions tous penchés au-dessus de cette eau limpide et glacée, pour nous rafraîchir à son haleine, sans songer que nos visages épuisés, méconnaissables, défigurés par les émotions et la passion, allaient s'y réfléchir comme en un vivant miroir. Saisis de trouble et de honte, nous oubliâmes toute prudence et nous mîmes tous ensemble, comme par un accord tacite, à agiter l'eau avec nos mains et à disloquer cette image hideuse et indécente qui nous trahissait à nos propres yeux : couchés à plat ventre en rang serré et faisant cercle autour de ce chaudron glacial, comme des bêtes harassées, nous étanchions notre terrible soif.

Et réellement, il n'avait plus peur de rien. Debout, il oscillait légèrement, comme pris de vertige en regardant de si haut le monde étendu à ses pieds, et il pensait : « Pourtant, ces gens n'existent plus, car j'ai réussi à leur échapper pour toujours ! »

Ensuite, nous restâmes quelques instants couchés dans l'herbe, immobiles, comme enivrés par l'effet bienfaisant, presque miraculeux de cette eau vive et glacée qui nous rendait notre force et réveillait en nous un bien-être disparu, une paix perdue depuis longtemps ; il nous prit l'envie d'abandonner à son sort cette créature maudite et, dans la mesure du possible, de l'oublier complètement.

En dépit de tout, il leur avait échappé : de ce fait simple et indiscutable, il pouvait déduire qu'il était plus rapide et plus endurant que tous ces gens-là et, pour sa conscience qui s'éveillait à peine, cela prouvait suffisamment qu'il était en parfaite santé et par conséquent, c'était par erreur que l'on avait inscrit dans l'histoire de sa maladie un diagnostic s'appliquant à un autre patient. Il en était maintenant tout à fait sûr, comme il était sûr qu'à cause de ces trois mots latins qui ne le concernaient même pas, il se serait certainement tué, si, par hasard, il n'avait pas rencontré ces gens et éveillé chez eux, par sa seule apparition, je ne sais quel besoin instinctif et désespéré de le rattraper et, peut-être, de l'achever ; cela l'avait fait passer par toutes ces épreuves, par ce rêve pénible, par cette forêt étrange, par cette région mystérieuse au fond de lui-même : c'est ainsi qu'enfin purifié, il avait fini par comprendre, par saisir l'essence, la signification de la vie, par découvrir, dans les ténèbres où il était déjà perdu, le véritable chemin de son salut, de cette hauteur insoupçonnée et inaccessible aux regards. Emporté par ces pensées, il éprouva soudain pour ces créatures mesquines et ridicules une immense et chaleureuse reconnaissance. Mais en même temps, en voyant leurs efforts désespérés pour le trouver, il se prenait à les plaindre : or c'est bien là que s'exprimait le mieux, en cet instant, sa supériorité sur tout ce dont, jadis, il avait eu peur, et sur tout ce qu'il avait fui.

Après un long silence, quelqu'un dit : « Et si, par hasard, cet homme n'existait pas ? » Il y avait dans cette question inattendue et apparemment absurde, quelque chose d'effarant et de dangereux qui passait notre entendement. Et, tous ensemble, nous nous mîmes à invectiver ce fou, qui se figurait que pendant une journée entière il avait poursuivi une ombre ou un pressentiment. Mais il se mit à rire : « Si c'était un être vivant, expliquez-moi où il est passé. Comment a-t-il pu disparaître sur ce plateau désert ? S'est-il changé en oiseau ou en taupe ? Ou bien peut-être est-il monté sur un nuage ou s'est-il évanoui dans le sol ? À moins qu'une abeille ne l'ait mangé ? Ou qu'il soit devenu invisible ? » De nouveau, nous nous taisions. Nous n'avions rien à répondre à ceci. Soudain, tout nous semblait étrange : cet homme, dont l'existence paraissait maintenant incertaine, l'instinct qui nous avait entraînés dans cette poursuite furieuse et avait fini par nous rendre méconnaissables à nos propres yeux.

En fait, il était sûr d'avoir atteint la haute cime blanche de la Prekornica vers laquelle il avait couru, fuyant les hommes, par cette nuit terrible de son enfance ; perché là-haut comme sur le toit du monde, il pouvait embrasser d'un seul regard sa vie tout entière, tout ce qui était passé et tout ce qui était à venir ; tout ce qui avait un rapport avec lui tournait dans un cercle fermé au centre duquel son cœur tintait doucement comme une cloche qui vient de sonner et, sans en éprouver de surprise, il voyait défiler en même temps devant ses yeux : des silhouettes pointues et mauves de montagnes ; des plages inondées de soleil, noires de monde ; des navires isolés sur la mer ; des lacs aux eaux gonflées ; des rivières endormies, survolées lentement par des oiseaux ; des forêts pâles, gémissant dans la grisaille d'une aube venteuse ; toutes les villes lointaines et inconnues, tous les pays qu'il avait eu envie de voir ; tous ces villages perdus du Monténégro qu'il avait, avec ses larmes, sa souffrance et son sang, gravés dans son cœur comme sur une carte, et, parmi eux, surtout, Brestovo, soudé à la pierre noircie et compacte à la texture de laquelle s'arrachent, en des efforts désespérés, les figuiers, l'absinthe et le micocoulier ; la poussiéreuse Goritsa et le Ždrebaonik ; la Zeta furtive et froide, aux eaux bleu foncé, au sein de laquelle il discernait à présent le reflet de son visage à jamais disparu ; le Zagarač, perdu dans le silence, les broussailles défleuries et les églantiers sauvages ; les remous nauséabonds de la Sušica, au bord de laquelle il gardait les vaches, assourdi par le coassement des grenouilles ; la mer pure de Petrovac et de Budva, où, parfois, il avait même été heureux ; et puis toutes ces petites chambres sous les combles, à Belgrade, où, pendant des années, il avait connu la faim, avalant des formules chimiques et rêvant d'une vie plus belle ; et enfin sa garçonnière de la rue Birčaninova, plongée dans la pénombre et transformée en laboratoire, polluée par les produits chimiques, où il avait perdu son âme, et qu'il revoyait pourtant, en cet instant d'une durée incommensurable où s'effaçait la différence entre souvenirs et pressentiments, car tous les temps, passé, présent et avenir, se réfractaient soudain dans sa conscience en un faisceau de lumière concentrée ; parmi les rangs serrés des gens qui avaient surgi devant lui, il pouvait reconnaître sans erreur son père et sa mère, son bisaïeul Joksim et quelques lointains ancêtres, de vieux parents, d'anciens amis, des camarades de jeunesse, des amis de rencontre, les voyageurs du train, ses poursuivants d'aujourd'hui, tous ceux qui, une fois ou l'autre, l'avaient obligé ou lui avaient fait du tort, tous ceux à qui il était venu en aide ou à qui il avait fait du mal, toutes les femmes qu'il avait connues ou qu'il allait connaître, et, les reconnaissant tous à la fois, les vivants et les morts, il n'était ni effrayé ni étonné de les voir assemblés ainsi, les yeux levés vers lui ; il savait que s'ils étaient tous là, c'était seulement pour l'accompagner dans cette vie nouvelle, unique, véritable, dont il avait enfin percé le secret, sur la cime blanche de la Prekornica ; tout près de lui, le ciel semblait un chapiteau de cirque et flamboyait de couleurs bigarrées, violet, rouge, jaune, argent, et dans leur tourbillon, son œil pénétrant pouvait reconnaître jusqu'aux couleurs inconcevables de l'oxygène, de l'azote, de l'hélium, tandis que son oreille perçante, soudée au sol brûlant, entendait au loin respirer la terre, comme une femme enceinte, de façon sourde et mystérieuse ; et il fut convaincu d'avoir enfin réussi à aspirer d'un seul coup toute la beauté cachée du monde, si longtemps désirée, et il fut tenté de toucher, de lécher tout ce qu'il voyait, entendait et sentait, mais il se retenait, sachant que le tableau encadré où pulsait, en une incroyable harmonie, l'image cauchemardesque de tout ce qui existait, se serait dispersé comme de la poussière, si son regard d'hypnotiseur ne l'avait maintenu dans cette étrange cohésion ; aussi n'osait-il pas en détacher les yeux ou faire le moindre mouvement ; pourtant, à cause de tout ce qui lui était arrivé et de tout ce qui l'attendait encore, il avait une envie folle de chanter, pour dire au monde entier son bonheur d'avoir enfin échappé à sa destinée.

Soudain, nous entendîmes l'écho d'une terrible clameur. Nous fûmes un moment incapables de bouger, frappés d'épouvante et de surprise. Il nous sembla tout d'abord que c'était le cri d'agonie d'une bête, ou un écho inhumain venu d'un autre temps ou d'un autre monde. Peut-être l'aurions-nous cru tout à fait si, dans cette voix qui tremblait de façon irréelle en une imperceptible poussière lumineuse, il n'y avait eu des accents douloureux et désespérés qui ne pouvaient appartenir qu'à un être humain. Nous réalisâmes que cette clameur était bien réelle et que celui que nous cherchions existait vraiment. Est-ce à cause de cela, ou bien parce que nous étions déjà ébranlés, humiliés et peut-être même effrayés par ce que nous venions, avec stupeur, de découvrir en nous-mêmes ? Toujours est-il que sans bruit, sans un geste d'adieu, tous les gens qui, depuis ce matin, s'étaient joints à nous, commencèrent à se disperser. Jakov et moi nous sentîmes insignifiants, étrangers à nous-mêmes, le cœur vide, comme si nous eussions perdu à tout jamais un bien précieux et inestimable. La clameur s'éteignit, de façon inattendue. Mais nous avions eu le temps de situer exactement l'endroit d'où elle venait : c'était un rocher isolé, haut seulement de quelques mètres. À mesure que nous nous rapprochions de lui, il changeait de forme comme un nuage de brume : tantôt il ressemblait à un champignon, tantôt il nous faisait penser à une dent de cheval percée, peut-être parce que son sommet était large et plat, et qu'il s'amincissait brusquement vers le sol en une colonne creusée d'une mince rigole verticale.

Il chantait et s'étonnait de ne pas reconnaître sa propre voix. Alors, il comprit avec terreur que par sa bouche, sa bouche pleine de terre, s'échappait le cri lugubre de son bisaïeul Joksim, que la mort frappait maintenant pour de bon, avec son dernier descendant pour qui il n'y avait plus de salut. « Mais je suis sauvé, pensa-t-il, j'ai réussi à échapper ! » Il voulut se lever et fit un faible mouvement. Alors l'image merveilleuse qu'il contemplait se dispersa comme de la poussière ; tout ce qui était en contrebas s'éleva soudain et le ciel bascula dans ses yeux stupéfaits et grands ouverts.

Effectivement, nous le trouvâmes sur ce rocher. Étendu sur le dos, il gisait dans l'herbe, complètement nu. C'était un spectacle extraordinaire ! Tout d'abord, nous pensâmes que cet homme immense, large d'épaules, aussi beau dans son immobilité que s'il eût été sculpté dans la pierre, n'était qu'endormi. Mais alors nous vîmes que ses yeux bleus grands ouverts étaient aussi insensibles à notre présence qu'à l'éclat ardent du soleil couchant et que de sa bouche, comme une sangsue, s'échappait un filet de sang frais et sombre. Nous conclûmes aussitôt qu'il était mort. Pourtant, à tout hasard, Jakov appuya sa petite oreille retroussée sur la poitrine velue. Quand il se redressa, je compris que tout était fini. Nous restâmes là, debout, silencieux, incapables de rien faire. À lui, nous ne pouvions plus rien lui faire. Maintenant, il était vraiment invulnérable et inaccessible. Avait-il pu le prévoir, et avait-il poussé cette clameur pour nous conduire jusqu'à lui et nous montrer sans équivoque qu'il avait, malgré tout, échappé à notre curiosité, à notre dépit et à notre haine ? Peut-être avait-il connu la joie suprême d'être frappé par la mort et non par nous. Est-ce pour cela qu'il souriait ? En le regardant, nous étions de plus en plus tentés de le croire, car sur son visage allongé, égratigné, taché de terre jaune et grasse, mais extrêmement beau, nous ne décelions aucun spasme, aucune trace de douleur, rien d'autre que ce sourire supérieur qui nous navrait, car il nous rappelait de façon impitoyable et vengeresse que cet homme et tout ce qui le touchait resterait toujours un secret pour nous : son nom, ce qu'il faisait, d'où il venait, où il allait, pourquoi il courait ainsi comme un fou, et pourquoi il était mort. Nous voyions même dans sa mort la plus sournoise tromperie. Sinon, pourquoi gisait-il complètement nu sur ce rocher ? Où était passé son costume noir ? Où étaient sa chemise, son pantalon, ses papiers d'identité ? Et pourquoi avait-il fait cela, si ce n'était pour anéantir toute trace de lui et tout souvenir, pour garder, même mort, sa distance par rapport à nous et à tous ceux qui auraient pu le retrouver par hasard sur ce rocher avant que les oiseaux ne lui aient becqueté les yeux et que les bêtes n'aient dispersé ses os à travers la montagne ? Il faut reconnaître qu'il avait bien réussi, et malgré nos efforts nous ne pûmes retrouver aucune trace de son passé. Nous nous éloignâmes les poings serrés, mais nos poings étaient vides. Sa bouche était pleine de terre et de je ne sais quelles herbes malodorantes. Mais de toute façon, c'était désormais sans importance. Il appartenait déjà à la terre : ses longs cheveux blonds se mêlaient à l'herbe et le pollen des fleurs apporté par le vent se collait à son ventre, à ses cuisses et à son sexe, et modifiait la couleur de sa peau. Ses pieds étaient tailladés et sanglants et ses longs bras repliés au-dessus de sa tête ressemblaient à deux perches brisées. Les fourmis pénétraient déjà dans ses oreilles. Peut-être aurions-nous éprouvé pour lui une certaine admiration, ou du moins de la compassion, à cause de sa souffrance, parce qu'il était mort seul, loin des siens, sur ce rocher où personne ne le trouverait jamais, s'il n'y avait eu dans son sourire une expression de pitié étrange qui s'adressait peut-être à nous. C'est du moins ce qu'il me sembla. Pour vérifier cette impression, je me tournai vers Jakov : il pleurait silencieusement et me regardait à travers ses larmes en ayant l'air de ne pas me connaître. La nuit tombait déjà : tout le paysage, le monde entier disparaissait soudain dans les ténèbres, à l'exception de ce rocher isolé où, séparés par ce mystérieux homme nu qui souriait même dans la mort, nous nous enfoncions tous deux dans un silence de plus en plus douloureux.

La Mort de M. Golouja

Illustration : Bernharda Xilko

Quelques jours passèrent, lourds et incertains, et on ne savait toujours rien d'autre que son nom bizarre, M. Golouja, inscrit en cursive inclinée dans le registre poussiéreux de l'hôtel. C'est en vain que les plus désœuvrés surveillaient ses allées et venues dans l'espoir qu'il trahirait ses intentions par quelque geste imprudent. Long et maigre, en costume noir, un chapeau noir enfoncé sur les yeux pour se cacher du soleil, ou peut-être des regards, l'inconnu semblait prendre un malin plaisir à ne pas poser de questions, n'envoyer aucune lettre et ne jamais téléphoner. Il allait, insaisissable et imprévisible, ainsi qu'une ombre solitaire. « Il a de l'argent, disaient les plus pauvres, ça doit être un joueur. » « Hélas non, soupiraient les vieux matois, nous l'aurions déjà laissé sans pantalon. » Ce n'était sûrement pas un espion, car il parlait souvent tout seul et fuyait la compagnie jusqu'à en être déplaisant. Quelqu'un finit par dire : « Et s'il était tout simplement venu se reposer ? » Mais comment admettre que parmi tant de lieux de vacances un monsieur aussi important ait choisi ce bourg modeste ?

– Que lui avons-nous fait, gémissaient les plus curieux, pour qu'il nous fasse languir ainsi ? N'allons-nous jamais savoir qui il est, d'où il vient et ce qu'il compte faire ?

– Vous ne voyez donc pas qu'il porte le malheur sur son visage ! s'écria une femme.

Les plus impatients coururent au pont : M. Golouja, tel un corbeau sinistre, se tenait là tous les après-midi ; penché au-dessus du parapet de pierre, il regardait d'un air absorbé la rivière violette couler vers le nord. Ne l'y trouvant pas, on crut qu'il avait mystérieusement disparu en emportant son secret.

– C'est bien fait pour nous, ça nous apprendra à tergiverser, dit quelqu'un qui tergiversait toujours.

À ce moment précis, M. Golouja surgit on ne sait d'où et entra dans le café. Cherchant d'un regard absent une table libre, il se fraya un chemin parmi les consommateurs interdits, et tous remarquèrent en effet qu'il avait l'air inquiet. Il s'arrêta un instant et, croyant qu'il allait se joindre à eux, plusieurs se mirent à approcher leur chaise. Mais il se pencha vers le garçon, lui commanda à voix basse une double portion de sauté de bœuf et gagna le coin le plus sombre ; tournant le dos à la compagnie, il s'assit à part, sans ôter son chapeau noir, comme s'il n'était entré que pour se reposer un instant.

– Alors là, il va trop fort ! Il ne fait même pas attention à nous, explosa l'un des plus susceptibles.

C'était peut-être la dernière occasion de mettre fin aux

suppositions et de tâcher d'en avoir le cœur net. Mais personne n'osait lui adresser la parole. Ils se contentaient de regarder fixement son dos étroit et voûté.

Sentant leurs regards dardés sur sa nuque comme des flèches émoussées, il se pencha encore davantage et se mit à manger plus vite. En fait, il avait envie de se retourner et de lier connaissance avec ces gens, mais il avait peur de leurs railleries. Les gens se moquaient souvent de lui, même quand il leur donnait les meilleures preuves de ses bonnes intentions. Bien sûr, les plus insolentes étaient les femmes ; dédaignant ses avances, elles ne manquaient jamais de lui montrer qu'il leur faisait pitié. Il ne se croyait pas plus insignifiant que les autres, mais à la longue il avait fini par s'accommoder de son triste sort ; s'isolant de plus en plus, il restait à l'affût d'événements qui mettraient un peu de beauté dans le désert de sa vie, espérant en secret que quelque beauté capiteuse ou quelque riche veuve tomberait un jour à ses pieds ou qu'il gagnerait quelque grosse somme à la loterie. Pour l'instant, il mangeait en silence, tout fier de susciter la curiosité générale, mais trop prudent pour lier conversation avec ces gens dont les toussotements discrets rompaient de loin en loin le lourd silence qui emplissait la salle.

– Dites, monsieur, qu'est-ce que vous faites tout le temps sur le pont ? demanda soudain une voix mal assurée.

– Je ne sais pas nager, alors comme ça, par défi, je crache dans la rivière.

– C'est nous que vous défiez ?

M. Golouja s'arrêta de manger. Ses longs doigts maigres se mirent à trembler sur la nappe maculée. Mais il se tut prudemment.

– D'ailleurs qu'est-ce que vous faites dans notre ville ?

– Vous y avez sûrement quelque affaire importante.

– Ou peut-être que vous fuyez quelqu'un ?

Il fit mine de se lever, mais se ravisa et se contenta d'allumer une cigarette. Il se retourna et les regarda d'un air étonné.

– Expliquez-vous, à la fin, vous n'êtes tout de même pas venu ici par erreur !

M. Golouja se demanda alors s'il était arrivé ici par hasard ou parce que quelque chose en lui l'empêchait mystérieusement d'atteindre le bord de la mer. D'ailleurs, maintenant, ça n'avait plus d'importance. Tout ce qu'il savait, c'est que trois jours plus tôt, il était descendu d'un train et avait longtemps attendu la correspondance sur un quai de gare désert parsemé de scories chauffées à blanc par le soleil ; il avait alors eu l'idée de profiter de ce contretemps pour visiter cette bourgade. Errant sans but par les rues étroites bordées de vieux arbres, soudain il n'eut plus envie de continuer son voyage vers la mer, qu'il n'avait d'ailleurs jamais vue ; sans réfléchir, il avait porté ses valises dans une chambre d'hôtel dont les deux fenêtres étroites donnaient sur une rivière. Il découvrit plusieurs petits bistrots affichant des repas à prix très modique et fut tout heureux à l'idée de passer son petit congé annuel de façon non seulement plus économique, mais, à en juger par l'intérêt qu'il suscitait, beaucoup plus excitante qu'au bord de cette fameuse mer.

– J'ai choisi votre localité, dit-il ensuite.

– Pourquoi l'avez-vous choisie ? demandèrent-ils, haletants de curiosité.

– Pour me reposer.

– Ce n'est pas vrai, monsieur. Personne n'est assez fou pour passer son temps ici sans y être obligé.

– D'accord, dit-il en toussotant nerveusement. Je suis descendu du train par erreur.

– Quel train ? Qu'est-ce que vous chantez là ? D'ailleurs, si vous êtes ici par erreur, pourquoi y êtes-vous resté trois jours ?

– Je n'en sais rien. J'ai peut-être eu le coup de foudre pour votre patelin.

– Vous vous moquez de nous. Nous savons très bien qu'il n'y a rien d'attrayant ici.

M. Golouja baissa la tête. Prêtant l'oreille à la pluie légère qui tombait depuis quelques instants du ciel surchauffé, il cherchait une réponse capable de les satisfaire.

– J'ai dû rester ici parce que je suis tombé malade.

– Et au lieu de prendre des remèdes et des infusions, vous vous gavez de plats gras et épicés ! Vous n'avez pas besoin de toutes ces calories en plein été !

– Les repas sont si bon marché, ça donnerait de l'appétit à n'importe qui.

– Pas d'histoires ! Vous avez d'autres raisons : en fait, vous prenez des forces. Vous vous préparez à faire quelque chose.

– C'est juste, s'écria-t-il, je me prépare à aller à la mer !

– Quoi faire à la mer, vous ne savez même pas nager !

Il se tut de nouveau, voyant qu'il ne parviendrait pas à dissiper leurs soupçons et que la situation commençait à dégénérer : déjà leurs voix tremblaient et leurs mains avaient des gestes violents. Il décida de vider les lieux sans plus attendre.

– Allons, pour la dernière fois, dites-nous pourquoi vous avez choisi notre ville.

– Et si je refuse ?

– Nous en conclurons que vous préparez un mauvais coup. Vous avez peut-être l'intention de tuer quelqu'un !

– Vous trouvez que j'ai une tête à tuer quelqu'un d'autre ?

– Quelqu'un d'autre ? Mais on ne tue que les autres, mon cher monsieur.

De ses doigts tremblants, il desserra sa cravate et déboutonna le col de sa chemise. Puis il soupira avec amertume :

– Allons donc ! Un homme digne de ce nom doit être capable de se tuer lui-même.

– Vous n'avez tout de même pas l'intention de vous tuer ? chuchota un petit bonhomme en se faisant encore plus petit.

Voyant leurs visages dévorés de curiosité, il eut soudain envie de les mystifier : de toute façon, ils ne le laisseraient pas finir son sauté de bœuf.

– Eh bien soit, je vais tout vous dire : j'ai choisi votre charmante localité pour faire mes adieux à la vie.

Ils se levèrent tous ensemble et vinrent l'entourer et le considérer avec une sorte de déférence attristée. Il en fut enchanté et, souriant d'un air énigmatique, il alluma posément une cigarette.

– Mon Dieu, mais qu'est-ce qui vous a pris ? Pourquoi cette décision ?

– La mort est une grande chose, murmura M. Golouja, d'un air absent.

– Vous avez eu un grand malheur ?

– Si c'est à cause des femmes, ne faites pas ça. Les femmes ne valent rien.

– On s'est toujours suicidé à cause des femmes ou à cause du jeu, dit un vieux.

– La vie est un jeu de hasard, sourit-il. Mais vous ne pouvez pas saisir, il s'agit d'une chose très particulière.

Ils se taisaient, immobiles, humbles, et peut-être effrayés par cette chose dangereuse qu'ils ne pouvaient pas saisir.

– Cessez de l'importuner, dit un notable. Ce monsieur sait certainement ce qu'il veut...

– Je l'ai toujours su, dit M. Golouja, et d'un geste machinal de sa main gauche il tira son porte-monnaie ; il en vida le contenu sur la table, compta sa monnaie avec soin et mit d'un côté le prix de son sauté de bœuf et de son pain.

– Mais, monsieur, s'écria le garçon en se pliant en deux, vous plaisantez ?

– Comment cela, dit-il en pâlissant. Les prix ont augmenté ?

– Au contraire, monsieur, vous ne payez rien : vous nous avez fait un grand honneur, à moi-même et à tout le café.

Dès cet instant, la vie de M. Golouja prit un cours tout à fait inattendu : la population de la bourgade, surprise par son projet, voulut montrer son hospitalité et rendre ses derniers jours agréables. Le directeur de l'hôtel lui fit savoir que son établissement, très honoré de l'accueillir, prenait à sa charge tous ses frais de séjour. Dès le lendemain, coiffeurs, tailleurs, cordonniers, horlogers, loueurs de voitures vinrent lui offrir leurs services. Les gens les plus aisés et les plus en vue lui firent savoir, avec tout le tact voulu, qu'il pouvait, en cas de besoin, disposer de leur bourse.

Les premiers jours, il se déroba à toutes ces largesses, persuadé qu'il était la victime d'une vaste mystification. Il déclinait toutes les offres, refusait les cadeaux et s'efforçait, avec d'ailleurs beaucoup de maladresse, de repousser toutes les avances, répétant obstinément qu'il ne méritait nullement et ne souhaitait pas tant d'attention. Il songeait même à repartir discrètement, la nuit, par le premier train, quitte à s'en aller au bord de la mer, mais il céda à la tentation d'attendre les événements, pressentant la venue de je ne sais quelle chose excitante qu'il avait toujours désirée en secret et qui valait la peine de prendre quelques risques. Il décida de rester encore un peu dans ce pays de fous, mais de se montrer très prudent à l'égard des offres qu'on lui faisait, il le sentait bien, pour l'attirer dans un traquenard.

Les gens trouvèrent que sa réserve et sa discrétion étaient bien d'un être exceptionnel, dédaigneux des plaisirs du monde et qui a choisi de mourir ; ils protestaient à qui mieux mieux de leur estime et tâchaient par tous les moyens de se rapprocher de lui et de gagner son amitié : ils l'invitaient à des dîners, aux fêtes de famille et aux anniversaires, le priaient de servir de parrain, le suppliaient de leur expliquer cette fameuse chose qu'il était parvenu à saisir.

M. Golouja se dérobait gauchement et, souriant malgré lui, disait son étonnement :

– Je ne vous comprends pas : à vous voir faire, on pourrait croire que vous m'enviez.

– Bien sûr que nous vous envions, murmuraient-ils d'un air ému. Nous n'aurions jamais osé faire une chose pareille, car nous avons peur de tout, et surtout de la mort.

– Alors laissez-moi tranquille, leur répétait-il.

– Mais ce ne serait pas honnête, dit quelqu'un, nous ne pouvons pas rester indifférents après le grand service que vous nous avez rendu.

– Moi ? dit-il prudemment.

– Mais bien sûr, vous ! Vous nous avez rendu l'espoir, vous nous avez montré que chez nous aussi il pouvait se passer quelque chose d'exceptionnel, quelque chose de terrible et d'émouvant.

Il commençait à les prendre au sérieux, car, avec d'infinis ménagements il est vrai, ils essayaient de lui faire dire quel jour il comptait se tuer. Ils avaient surtout envie de savoir s'il avait l'intention de faire cela en public – ils lui en auraient su bien du gré, car on aurait pu convoquer la télévision pour filmer tout l'événement –, ou s'il accomplirait son geste en cachette et sans témoin. À leur grand dépit, il se contentait de hocher la tête et les laissait dans la plus totale incertitude. En même temps il était pris d'un frisson de plaisir, voyant qu'il les avait subjugués et sentant confusément qu'un grand bouleversement allait bientôt lui permettre de se jouer d'eux.

Il ne se trompait pas.

Un matin, vers la fin septembre, alors que la lumière éclaboussait les toits et les couronnes déjà jaunies des tilleuls, l'une des plus jolies femmes de la ville entra dans sa chambre ; les yeux pleins de larmes, elle lui conta que la nuit précédente, elle avait rêvé qu'il se perçait le cœur avec un couteau ; réveillée en sursaut, désespérée, elle avait reconnu en lui l'homme qu'elle avait attendu toute sa vie, celui qui lui ferait connaître l'amour. M. Golouja chancela, comprenant soudain avec cet effroi que l'on n'éprouve qu'à la vue des très belles choses, que son rêve était en train de se réaliser ; il répondit d'une voix étranglée :

– Pour vous, madame, je suis prêt même à vivre.

– Oui, mais il n'en est pas question, gémit-elle en se jetant dans ses bras. Ce serait un sacrifice inutile. Ce qui me trouble, c'est justement que vous allez mourir bientôt, de votre plein gré, et que je vais vous perdre pour toujours.

Ainsi commença la vraie vie de M. Golouja : ne craignant plus de manigances, il s'abandonna à tous les plaisirs que lui offrait en abondance cette bourgade hospitalière. Il ne refusait plus rien. Il demandait même, sous prétexte de mieux saisir la chose, qu'on lui fît les meilleures conditions possibles pour réfléchir. Les gens faisaient tout pour le satisfaire : on lui servait les meilleurs plats et les vins les plus chers, on lui offrait les vêtements les plus élégants. Et les jolies femmes de la ville, persuadées que quoi qu'il en dît c'était un chagrin d'amour qui le poussait à la mort, faisaient de leur mieux, le matin, quand leurs maris étaient à leurs bureaux, pour le consoler à leur manière et réhabiliter les femmes à ses yeux. Bientôt, pour n'avoir plus à se cacher, elles firent courir le bruit que M. Golouja était voyant, et qu'il lisait l'avenir dans les lignes de la main et dans le marc de café.

Ce qu'il faisait, de l'avis commun, de façon aussi compétente que consciencieuse ; il restait longtemps enfermé avec chacune de ces dames et scrutait son avenir jusque dans les moindres détails, sans jamais se plaindre qu'on le dérangeât ou qu'on lui prît le temps dû à la réflexion. Ce qui prouvait une fois de plus qu'il n'était pas comme les autres.

Les hommes aussi allaient le voir ; pour de tout autres raisons, bien entendu : ils lui demandaient conseil, lui faisaient leurs doléances, lui confiaient leurs secrets. Ainsi, un jour de pluie et de brouillard, un homme au visage candide avoua à M. Golouja qu'il avait, plus ou moins délibérément, tué beaucoup de bêtes et de gens et qu'il se demandait s'il n'avait pas chargé son âme de quelque péché.

– C'est un péché de tuer les animaux, dit M. Golouja, mais les gens, ce n'est pas pareil : en fait, vous les avez délivrés des souffrances de la vie.

– Si on veut, dit l'homme au visage candide.

– Admettons-le, dit M. Golouja magnanime en se levant pour signifier que l'entretien était terminé.

Comme on peut le voir, il savait se montrer ferme, car il se tenait déjà pour un personnage important. Il prenait maintenant tout ce qui arrivait avec calme et dignité, comme on accepte un dû. Il ne songeait nullement à reprendre le cours fastidieux de son ancienne vie entre un bureau poussiéreux et une petite chambre de célibataire toujours vide.

– Tu resteras toujours ici, se disait-il. C'est ici que c'est arrivé !

Vers la fin de l'automne, une étrange lueur apparut sur son visage ; beaucoup pensèrent que c'était la mort toute proche qui brillait dans ses yeux, mais d'autres, enclins à la suspicion et à la calomnie, firent courir le bruit que M. Golouja était inopinément tombé amoureux. Bien sûr, personne n'osait lui poser de questions, chacun ayant pu se convaincre qu'il avait un grand mépris pour la curiosité humaine : on ne savait rien de plus sur sa vie passée que le jour où, tout maigre dans son costume noir, il avait fait sa première apparition. Il ne restait donc qu'à faire des conjectures en attendant de voir comment les choses allaient tourner.

– Il va se tuer ces jours-ci, s'écria quelqu'un et tous ces messieurs, surtout les plus vieux, se mirent à discuter de la façon dont cela se ferait : publiquement ou en cachette, le jour ou la nuit, au pistolet ou au couteau ?

Un joueur enragé ouvrit des paris et tous ceux qui croyaient à la chance se précipitèrent chez lui et s'arrachèrent à prix d'or des billets jaunâtres frappés d'une effigie grossière de M. Golouja et portant la date et l'heure supposées de sa mort. Presque toute la ville paria et l'on attendit le dénouement avec émoi, car le lot unique était alléchant : un mois de séjour au bord de cette fameuse mer que M. Golouja avait renoncé à aller voir.

Seules les jolies femmes s'abstenaient de parier : avec un sourire énigmatique, comme si elles-mêmes fussent devenues extralucides, elles déclaraient :

– Il ne va pas se tuer. Pas encore !

Elles avaient raison.

C'est vers cette époque-là qu'il lui vint l'idée que tout cela ne pouvait plus durer et allait mal finir. Aussi, par les après-midi de plus en plus courts, au lieu d'aller faire sa sieste après avoir copieusement déjeuné, il restait à la fenêtre jusqu'à la tombée de la nuit, regardant, par-delà les eaux troubles de la rivière, les vols de corbeaux affamés tournoyant au-dessus des roseaux. Mais sa crainte fut bientôt chassée par une autre pensée, si belle qu'elle l'emplit de repentir et d'inquiétude. C'était l'idée confuse que peut-être il était appelé à de grandes actions que, jusqu'à présent, le seul hasard lui avait dérobées.

– Pendant la guerre, par exemple, si je n'avais pas déserté, peut-être serais-je devenu héros ou général.

C'est dans de telles dispositions que le surprit un jour le directeur de l'hôtel. Entendant derrière son dos une toux discrète, M. Golouja se retourna, toisa l'importun d'un regard hostile et se remit à contempler l'horizon survolé infatigablement par les corbeaux.

– Pardonnez-moi de vous déranger, mais la porte était ouverte et j'ai pensé...

– Vous croyez qu'il n'y a pas assez de moi pour penser, dans ce misérable petit hôtel ?

– Vous réfléchissez encore à la chose ?

– Bien entendu, marmonna-t-il d'un ton acide. Et dites aux

parieurs qu'ils ont tous perdu ; personne ne peut décider de ma mort ou la prévoir ; elle viendra de ma seule inspiration.

Les jours passaient, de plus en plus courts et maussades. Vents, pluies et neiges s'abattirent sur la bourgade : les peupliers dénudés et transis frémissaient au bord de la rivière. Les gens se tapissaient dans leurs maisons et ne sortaient pas sans nécessité. Seul M. Golouja, montrant une fois de plus qu'il n'était pas comme les autres, se promenait chaque jour dans la grand-rue ; ensuite, accoudé au parapet du pont, il restait à regarder la rivière luttant contre le gel, jusqu'à ce que le froid se fût glissé sous le pardessus reçu en cadeau, les bottes faites sur mesure et la chaude écharpe de laine tricotée par la douce main d'une de ces dames du matin.

À la fin décembre, il eut de la diarrhée et garda la chambre quelques jours, refusant nourriture et boisson, interdisant qu'on lui rendît visite ou qu'on le dérangeât en aucune façon. Il buvait des infusions qu'il préparait lui-même, et quand le directeur de l'hôtel vint lui demander s'il était souffrant, ayant honte d'avouer la vérité, il lui déclara qu'il se consacrait entièrement à la méditation. On en conclut qu'il se préparait par l'ascèse à passer définitivement dans le monde spirituel et qu'il avait l'intention de se suicider dans la nuit du nouvel an, lorsque la joie collective serait à son comble. Toute la ville en parlait et chacun avait un peu honte, pensant qu'il voulait bien montrer par ce geste avec quel dégoût il quittait le monde où ils restaient. On vint alors le supplier de surseoir à l'exécution de son projet et d'attendre un jour où chacun aurait plaisir à le pleurer. Il se fit longtemps prier, mais finit par accepter de ne pas leur gâcher les fêtes. Il leur promit même de se faire violence et de célébrer avec eux la nouvelle année.

Et en effet, dans la grande salle de l'hôtel complètement bondée, M. Golouja, guéri fort à propos de son incommodité, causa l'admiration de tous : il mangea et but comme s'il y avait pris plaisir ; il alla même jusqu'à chanter deux chansons comme si la vie qu'il allait quitter avait encore eu pour lui de l'agrément.

Mais pendant tout le mois de janvier, il ne manqua pas une occasion de leur rappeler cette nuit-là.

– Vous vous réjouissez comme des imbéciles, disait-il. C'est indigne ! Comme s'il n'y avait pas la souffrance.

– Que voulez-vous, s'excusaient les notables au nom de toute la ville, les gens sont incorrigibles ; ils sont comme des bêtes et ne pensent qu'à leur plaisir.

– Vous pourriez au moins faire un peu attention en ma présence ! Vous ne croyez pas que ma destinée appelle un minimum de retenue ?

En apprenant sa juste colère, plusieurs furent pris de honte : quand il passait dans la rue, ils s'abstenaient de sourire et interrompaient leurs querelles bruyantes ; et dans tous les cafés où il entrait, le silence se faisait ou alors les violons tziganes, changeant de rythme, attaquaient une mélodie nostalgique ou une marche funèbre. Mais tout à ses pensées, il n'y prenait pas garde et se contentait d'éviter de plus en plus la société des hommes, à qui il ne cachait plus son mépris. Cela plaisait énormément aux femmes : oubliant toute prudence, elles redoublaient d'assiduité, déclarant ouvertement que M. Golouja était l'homme le plus extraordinaire qui fût.

Vers cette époque-là, les hommes mariés – ils juraient tous leurs grands dieux qu'ils ne savaient pas ce que c'était que la jalousie – commencèrent à lui proposer fort aimablement des armes éprouvées : vieux colts, modernes brownings et élégants pistolets de dame. M. Golouja remerciait poliment et disait que par respect pour sa propre mort, il choisirait pour quitter ce monde absurde un moyen plus original.

Un beau jour, le meilleur barbier de la ville lui dit qu'il voulait l'aider.

– Que veux-tu dire ? demanda M. Golouja. Si tu en venais au fait.

– Il ne s'agit pas de fait, marmonna le barbier d'un air troublé. Je ne sais pas ce que c'est que le fait ! C'est de l'art qu'il s'agit, cher monsieur ! De l'art !

– Eh bien parle, qu'est-ce que tu attends ?

– Comment dirais-je ? Avec votre bénédiction, d'un petit coup de rasoir, là, je pourrais vous trancher la gorge. Mon rasoir est en acier suédois et vous ne sentirez rien du tout.

– Et si je sens quand même ?

– Je vous jure sur mon honneur que tout sera fini en un clin d'œil. À moins que vous ne préfériez que je vous fasse à gauche du gosier une coupure spéciale qu'on utilise beaucoup dans les pays d'Orient.

– Ce serait magnifique, mais je refuse ton sacrifice, dit M. Golouja magnanime. Car après tu aurais des insomnies et des remords, n'est-ce pas ?

– Au contraire, cher monsieur, s'écria le barbier, ce serait pour moi un grand soulagement : figurez-vous que depuis mes années d'apprentissage je suis obsédé par l'envie d'appuyer mon rasoir sur la gorge d'un client.

– Et pourquoi as-tu attendu si longtemps ?

– Au dernier moment, je n'ai jamais eu le courage ; j'ai la langue sèche, ma vue se brouille, ma main se met à trembler de façon honteuse, si bien que de nombreux clients m'ont demandé si je connaissais mon métier. Bien sûr, je n'ose pas leur expliquer pourquoi ma main tremble. Mais elle tremble tant qu'elle peut, c'est à vous dégoûter.

– C'est intéressant, murmura-t-il en pâlissant. Mais que veux-tu, si elle tremblait avec moi aussi ?

– Oh que non, vous c'est autre chose, hoqueta le barbier. Vous, vous avez choisi de mourir, vous venez d'une grande ville et tout ça m'excite énormément.

Silencieux, M. Golouja tambourinait de ses doigts sur la tablette. Il semblait réfléchir. Soudain il se leva et ouvrit précipitamment la porte. Il avait envie de crier, mais il n'avait plus de voix et dut faire un effort pour la retrouver, tout étonné de la terreur qui venait de le saisir. Au prix de grands efforts, il finit par dire :

– À l'avenir, je me raserai moi-même !

– J'ai seulement voulu vous aider, bégaya le barbier. Depuis quelques mois, je me suis si bien habitué à votre cou que j'en suis en quelque sorte tombé amoureux.

– Hors d'ici, assassin ! hurla M. Golouja.

La nuit suivante – c'était une nuit glaciale de février – il eut des cauchemars : il vit dans ses plus horribles détails le spectacle de sa propre mort. À chaque instant il se réveillait en sueur, tout haletant. Il finit par se lever et, enveloppé dans une chaude couverture, il fit les cent pas dans sa chambre en fumant cigarette sur cigarette. Prêtant l'oreille aux sifflements étranges et sinistres du vent, il se sentait seul et désemparé, comme s'il se fût joué lui-même un mauvais tour. Au petit jour, il prit la décision de décamper au plus tôt. Puis il se rendormit, enfin apaisé, en serrant ses genoux dans ses longues mains maigres ; l'instant d'après il souriait en rêvant de la mer.

Il ne se leva que passé midi et déjeuna avec délices, tout ragaillardi par l'idée que l'affreux cauchemar avait pris fin. Il avait l'intention d'aller faire sa dernière promenade dans la grand-rue et, à la nuit tombée, de sortir discrètement et de prendre le premier train vers le sud. Bien sûr, il ne partait pas sans regrets, mais espérait bien qu'il y avait dans le vaste monde quelque autre endroit où il pourrait se fixer et se plaire.

L'après-midi il eut la visite de sept notables et, à la vue de leurs visages sombres, il sentit dans sa poitrine la brûlure furtive d'une flammèche qui était peut-être un pressentiment. Il trouva pourtant la force de sourire :

– Bonjour, monsieur Golouja.

– Mes jours, vous savez bien qu'ils sont comptés, répondit-il d'un ton acide.

– Excusez-nous, mais c'est justement ce qui nous amène, dit le plus vieux.

– Je ne suis pas bien disposé en ce moment, revenez une autre fois.

Sans ôter leurs manteaux et leurs pelisses, ils s'installèrent dans la chambre : quatre d'entre eux s'assirent dans les fauteuils ; deux autres s'affalèrent sur le lit ; le plus gros s'adossa à la porte et resta debout.

– Le moment est venu de s'expliquer, dit-il en clignant ses yeux obliques.

– Est-ce que tout n'est pas clair ?

– Ma foi non ; vous nous avez promis de vous tuer, il y a déjà bien longtemps, mais le temps passe et nous avons l'impression d'avoir été dupés.

– Voyez-vous ça, sursauta-t-il. Mais c'est vous qui m'avez

dupé : c'est vous qui m'avez persuadé, pour les fêtes, de renoncer à l'éternel repos, et maintenant, en attendant que l'inspiration revienne, il faut que je continue à vous regarder et à vous supporter.

– Eh bien nous, nous en avons assez de vous regarder et d'attendre votre fameux repos.

– Comment osez-vous vous mêler de mon destin ? explosa M. Golouja.

– Nous en avons le droit, cher monsieur, car votre mort, annoncée avec une ruse perfide, fait maintenant partie de notre vie : pendant six mois nous vous avons dorloté, nous nous sommes gênés pour vous, nous avons négligé nos affaires et nos intérêts. Et vous, pendant ce temps, au lieu de faire votre devoir, au lieu de payer votre dette, vous avez honteusement abusé de notre bonté et de notre patience : vous avez dilapidé notre argent, joui de tous les plaisirs et semé l'immoralité dans notre société patriarcale. Vous avez même engraissé. Et tout cela à nos frais.

– Mais c'est vous-mêmes qui avez voulu m'entretenir, s'écria-t-il. Et vous vous trompez lourdement si vous vous figurez que je n'ai pas vu clair dans votre jeu dès le début. Il aurait fallu être bien bête pour ne pas voir que pendant tout ce temps-là vous vous êtes servis de moi pour votre publicité ; vous aviez le secret espoir que, grâce à ma mort et sans avoir vous-mêmes rien fait pour cela, vous finiriez par figurer dans les journaux de la capitale ou même par paraître à la télévision et imposer ainsi à l'opinion votre insignifiante existence, et par-dessus le marché attirer les touristes dans votre bled qui, pour être sincère, m'a toujours paru affreux.

– Ah ! hurlèrent-ils tous les sept à la fois, c'est comme ça que vous payez votre dette ? C'est comme ça que vous nous remerciez ?

– Mais non, mais non, criait M. Golouja en s'étouffant de colère, car s'il faut faire les comptes, j'exige tout de suite un pourcentage sur le profit que vous avez réalisé grâce à ma naïveté.

– Eh bien, monsieur Golouja, vous êtes une belle canaille, dit quelqu'un, et les six autres, pris d'une rage impuissante, firent tous oui de la tête.

– Si vous continuez à m'insulter, je quitte séance tenante votre sale petit patelin. De toute façon, je suis descendu du train par erreur.

– Quel train ? Vous recommencez à dire n'importe quoi. Comme si vous ne saviez pas qu'il n'y a ici ni grande route ni chemin de fer.

Il baissa la tête et resta un moment courbé et silencieux. On aurait dit qu'il était fatigué et n'avait plus la force de leur résister. En fait, il se remémorait la première conversation qu'il avait eue avec eux, six mois auparavant, quand ils lui avaient dit que ce maudit train, par lequel il était tout de même bien arrivé, était une invention ; il s'efforçait de retrouver dans sa mémoire quelque sifflet de locomotive ou du moins le bruit rude et plaintif des rails, mais il ne se rappelait rien. Il revit en pensée tous les terrains vagues et les friches qui entouraient le bourg et qu'il regardait souvent au cours de ses promenades en songeant avec un regret involontaire au bruit et au tumulte de la grande ville, mais ne retrouva malheureusement pas la moindre image de ballast ou même de scories. « Mon Dieu, comment en suis-je arrivé là ? », se demanda-t-il en sentant venir un frisson de terreur.

– Qu'est-ce qui vous préoccupe tant ? ricana celui qui était adossé à la porte. Il y a peut-être un autre moyen de partir d'ici !

M. Golouja le regarda sans mot dire, mais avec une telle expression de désarroi, qu'il continua sur un ton encore plus aimable :

– Tenez, par exemple vous pourriez descendre la rivière, vous arriveriez au nord en un clin d'œil.

– Mais je ne sais pas nager, sursauta-t-il.

– C'est bien pour ça qu'on vous le propose ! dit le plus vieux en éclatant de rire.

– Vous dites des bêtises, ricana M. Golouja. C'est tout de même moi qui décide de ma vie.

– Détrompez-vous. Votre vie nous appartient, car vous nous avez humiliés. Et le pire, c'est que nos femmes ne parlent que de vous. Elles nous vexent et affirment que vous êtes un homme exceptionnel.

– Les femmes remarquent toujours les vrais hommes, chuchota-t-il et, avec une fierté non dissimulée, il jeta dans le miroir un regard à son visage qui, depuis quelque temps, lui plaisait de plus en plus.

– Nous dirons à nos femmes que vous êtes un poltron. Et quand elles sauront à qui elles ont affaire, toute la ville vous méprisera.

– Mais la ville m'adore, s'écria-t-il.

– Elle ne vous en méprisera que davantage.

– Attendez ! Mais je n'ai menti à personne ! Je vous jure que ma parole tient toujours.

– Nous nous en fichons pas mal de votre parole : elle ne vaut rien du tout tant que vous êtes vivant ! C'est hier que nous avons fini par comprendre ça, quand vous avez montré au barbier votre peur honteuse de la mort.

– C'était un simple malentendu, dit-il d'une voix tremblante.

– Alors mettons-nous bien d'accord tout de suite : prouvez-nous que vous avez au moins un peu d'honneur.

M. Golouja alla à la fenêtre et, de ses doigts engourdis, tira le rideau de dentelle : au-dehors, la brume d'hiver s'épaississait déjà en une ombre glacée qui lui parut soudain s'élever au-dessus de lui comme une plaque de marbre noir. Il sentit le froid gagner ses jambes et, pour la première fois depuis longtemps, regretta désespérément sa petite chambre mansardée et la vie impersonnelle et vide qu'il avait fuie. Il se retourna vers ses visiteurs. Le pardessus boutonné, froissant machinalement entre leurs mains leurs bonnets de fourrure, ils attendaient ses explications. « Fils de chiennes », pensa-t-il ; puis, d'une voix qu'il ne reconnut pas, il leur demanda :

– Quel jour est-ce, demain ?

– Dimanche, si vous le voulez bien, cher monsieur.

– Eh bien, demain attendez-moi sur le pont, dit-il d'un ton décidé.

Quand ils furent partis, M. Golouja se mit à l'œuvre sans perdre un instant : il emplit rapidement deux grandes valises jaunes, enfila son pardessus et enfonça jusqu'aux yeux son chapeau noir. Puis il ouvrit la porte avec précaution. Hélas ! deux de ses visiteurs, les plus vigoureux, se tenaient dans le couloir ; ils lui sourirent comme s'ils l'avaient attendu.

– Tiens, dit-il, vous êtes encore là ? Eh bien, vous voyez, j'allais faire un tour.

– Gardez-vous-en bien, conseilla le plus solide. Vous pourriez attraper un rhume, et reconnaissez que ce serait fâcheux, car, demain, on pourrait s'imaginer que vous pleurez.

Il rentra dans sa chambre et ferma la porte à clé. Il resta là quelques instants, à côté de ses valises, incapable de bouger ou d'entreprendre quoi que ce fût. Il tremblait. « Mon Dieu, mais ils sont réellement devenus fous », pensa-t-il et il alla à la fenêtre pour mesurer la hauteur d'où il allait devoir sauter. Mais dans le clair de lune glacé, qui lui révéla le plus beau paysage qu'il eût jamais vu, il aperçut trois de ses visiteurs :

en pelisses, coiffés de fourrure, armés de bâtons, ils faisaient les cent pas dans la cour, et, levant la tête, surveillaient sa fenêtre éclairée. L'un d'eux lui fit même signe. M. Golouja recula de quelques pas et tendit nerveusement la main pour saisir le téléphone. L'appareil ne fonctionnait pas. « Ils ont tout prévu », pensa-t-il, et il se mit à pleurer. Dehors, le vent hurlait si fort qu'il n'essaya pas d'appeler au secours. D'ailleurs il savait que tous s'étaient ligués contre lui et que, dans cette nuit presque irréelle, personne ne lui répondrait. À bout de ressources, il se laissa tomber sur le lit. La tête rejetée en arrière, les bras croisés sur la poitrine, le cerveau vide, il semblait s'être abandonné au destin.

Au point du jour, ils frappèrent à sa porte et l'invitèrent à se lever tout de suite, s'il avait vraiment l'intention de mourir dignement. Il ne s'étonnait plus de rien, mais ne redoutait plus le règlement de comptes qui l'attendait car, au cours de la nuit, au paroxysme du désespoir, il avait réussi à trouver un moyen de s'en tirer. Maintenant, il restait étendu, caché, tranquille et silencieux. Il trouvait du plaisir à les entendre s'agiter et dire qu'il avait pu se sauver par la cheminée ou se pendre au lustre. Ce n'est que lorsqu'ils entreprirent d'enfoncer la porte, qu'il s'écria d'un ton furieux :

– Vous n'avez pas honte ! Vous pourriez au moins me laisser dormir une dernière fois.

Dans le corridor, le silence se fit. Puis une voix conciliante dit avec douceur :

– Dormez, monsieur Golouja, nous attendrons le temps nécessaire.

Bien sûr, il ne songeait nullement à dormir. Mais il n'était pas non plus pressé de sortir. Il se rasa posément, en prenant bien soin de ne pas se couper. Il s'habilla avec encore plus de minutie, accordant les couleurs de sa chemise, de sa cravate et de ses chaussettes à son costume bleu clair. Ensuite, il passa un long moment à se regarder avec complaisance dans le grand miroir, comme quelqu'un qui va à une noce ou à une cérémonie importante. D'ailleurs, il n'avait plus peur : il pouvait choisir entre deux possibilités qui, toutes deux, sauvaient à la fois sa vie et son prestige. « Si les deux échouent, eh bien ma foi, il me restera mes jambes, chuchota-t-il, et nous verrons bien qui court le plus vite : ma peur ou leur colère ? » Content d'avoir tout bien conçu et calculé, il commença même à siffloter. Enfin, d'un geste énergique, il ouvrit la porte toute grande : il venait d'opter pour le premier stratagème, qui semblait plus approprié.

– Tiens, vous êtes déjà prêt, s'écrièrent tout joyeux ses visiteurs de la veille.

– J'ai toujours été prêt, car la mort est ma vraie vocation, dit-il. Malheureusement, il va falloir attendre un peu.

– Pourquoi donc, puisque tout est bien décidé. D'ailleurs les gens sont déjà assemblés sur le pont.

– C'est justement pour ça, sourit-il, et de deux doigts jaunis par la nicotine, il caressa mollement ses fines moustaches lovées comme des sangsues. Parmi ces gens, il se trouvera tout naturellement des représentants des autorités locales et, même ici, les autorités sont tenues d'empêcher les gens de se tuer ou de tuer les autres !

– Ne vous inquiétez pas pour ça, monsieur Golouja ; tous les officiels sont partis ce matin faire du ski.

– Quelle coïncidence, dit-il en s'étranglant.

– Au contraire : ils ont fait exprès de s'éloigner, pour ne pas vous gêner.

– Quelle sollicitude, dit-il en lançant des regards à droite et à gauche : il se demandait s'il fallait continuer à braver le destin ou prendre la fuite tout de suite.

Cependant, avec la plus grande déférence, ils le prirent sous les bras et le conduisirent dehors avec précaution. Il n'opposa aucune résistance. « Il sera toujours temps de fuir, pensait-il, mais je dois essayer de sauver l'honneur, également. » Il marchait lentement sous les peupliers dénudés aux branches desquels se balançaient des corbeaux parés de givre et il répétait en lui-même le discours qu'il avait préparé, tous ces mots choisis et touchants grâce auxquels il pensait susciter des sanglots, un cri ou une pâmoison chez l'une ou l'autre de ces dames du matin : alors, sans perdre la face, il renoncerait à son dessein par égard, dirait-il, pour cette dame respectable, dont le cœur à l'annonce du spectacle de sa mort tant désirée et enfin toute proche, semblait vouloir éclater de désespoir. Ce deuxième stratagème, prévu dans les moindres détails, lui rendait sa confiance déjà ébranlée, tandis qu'il s'approchait du pont d'un pas de plus en plus mal assuré et avec un visage de plus en plus pâle. Pour dominer tout à fait la peur de la mort, dont il avait senti l'odeur la veille au soir, il se mit à siffloter d'un air de défi.

Quand il atteignit le pont, il entendit des gens chuchoter qu'il sifflait joyeusement pour faire ses adieux à la vie dont il était las. Levant la tête, il embrassa d'un regard embué la foule compacte qui avait envahi le pont et les bords de la rivière. Il lui sembla que toute la ville s'était assemblée pour lui dire adieu avec des cris d'enthousiasme et tout le faste qui s'imposait. Transporté par ce spectacle, il oublia sa peur ; agitant à la ronde son chapeau qui avait la couleur de la mer, il essaya de rendre au moins quelques saluts à cette foule ondoyante qui s'écartait pour le laisser passer. « Tout ça à cause de moi, pensait-il ravi, ils ont les yeux fixés sur moi et attendent, tout tremblants, ce que je vais faire. Mon Dieu, c'est l'instant que j'ai toujours tant désiré. » Et soudain, dans sa conscience troublée par l'orgueil, scintilla l'idée dangereuse que pour cet instant-là, qui rachetait toute l'amertume de sa vie passée, cela valait la peine de mourir sans un regret. Mais il rejeta aussitôt cette pensée et, à tout hasard, commença le discours qu'il avait soigneusement mis au point.

– Merci d'être si nombreux. Voici donc venu l'instant des adieux et il ne nous reste plus qu'à regarder une dernière fois en nous et en nos vies insignifiantes...

– Laisse-nous tranquilles et occupe-toi de tes affaires, cria quelqu'un.

M. Golouja demeura interdit. Mais soudain, dans cette masse immobile et muette, il eut la joie de reconnaître plusieurs des femmes sur la sensibilité desquelles il comptait : elles étaient toutes sur leur trente et un et, comme par un fait exprès, plus belles que jamais, car leur tristesse, cachée sous des sourires à peine perceptibles, illuminait leurs visages de cette distinction particulière qui n'appartient qu'à la douleur contenue. Puis il aperçut quelques vieillards impotents : troussés dans des couvertures bariolées, ils étaient assis sur des tabourets et, claquant des dents, attendaient patiemment de lui survivre à lui aussi. Il ne prêta nulle attention aux gamins qui se pressaient autour de lui et lui tiraient la langue : il était trop occupé par la présence des notables dont les visages sombres et dignes le rappelaient à la prudence.

« Il faut les amadouer », pensa-t-il, et il entreprit de les assurer que dans leur charmante localité, qu'il avait découverte trop tard pour pouvoir changer d'attitude vis-à-vis de la chose, il avait, de façon inattendue, vécu des instants merveilleux et s'était fait des amis comme il ne se souvenait pas d'en avoir eu ; et maintenant, au moment de partir pour toujours comme il le leur avait promis autrefois, il ne pouvait s'empêcher de se demander si quelqu'un d'entre eux le regretterait ou se souviendrait de lui.

Il voulut s'assurer tout de suite de l'effet produit par ces paroles où il plaçait tout son espoir. Il examina attentivement les visages qui l'entouraient. Mais ils demeuraient impassibles, immobiles et glacials. Même les femmes avec qui il avait passé des matinées délicieuses ne manifestaient pas la moindre intention de s'opposer à son dessein : la tête inclinée de façon charmante, elles lui souriaient d'un air énigmatique, comme si, en cet instant, elles s'étaient contemplées elles-mêmes. En vain les implorait-il du regard de se laisser aller et de sangloter sur son destin : elles lui parurent encore plus absentes, comme prisonnières de quelque envoûtement. Soudain, M. Golouja sentit avec effroi qu'elles attendaient sa mort passionnément, et avec encore plus d'avidité que le reste de la foule et que, s'il restait en vie, tout ce qu'elles avaient vécu avec lui perdait son sens et sa beauté, qui étaient ceux même du destin dont elles voulaient porter la marque.

– Me suis-je trompé ? murmura-t-il.

Pourtant il ne voulut pas y croire tant qu'on ne lui eut pas dit rudement de se dépêcher de faire ce pour quoi ils étaient tous là. « Ils ont froid », pensa-t-il et il parcourut encore une fois la foule d'un regard étonné : les femmes souriaient toujours d'un air mystérieux ; les enfants grignotaient soigneusement des pommes ;

les tziganes, peut-être par erreur, jouaient, en guise de marche funèbre, une joyeuse mélodie ; les vieillards aux cheveux blancs hochaient la tête en somnolant sur leurs bancs, visiblement satisfaits que la mort, une fois de plus, frappât quelqu'un de plus jeune qu'eux.

« Adieu mon prestige », tressaillit M. Golouja, et il décida de prendre ses jambes à son cou. Bien sûr, il ne voulait pas implorer leur pitié. Il n'était pas capable de s'humilier à ce point. « Je vais me sauver, pensait-il, c'est évidemment le plus honnête et peut-être aussi le plus sûr. » Mais les corps serrés, comme un mur vivant, ne lui laissaient qu'une possibilité, la pire de toutes : enjamber le parapet du pont auquel il était maintenant adossé, et sauter dans la rivière. À bout de ressources, il sourit quelques instants sans comprendre. Puis, dans son désespoir, il lui vint l'idée que peut-être, en marchant sur le parapet, il réussirait à atteindre l'autre rive et ses nappes de brouillard où il disparaîtrait en un clin d'œil. Sans hésiter, il se hissa sur la murette, aux acclamations et aux applaudissements de la foule. Peut-être en profitaient-ils pour se réchauffer les mains. Quoi qu'il en soit, il eut de nouveau, en un éclair, la pensée inhumaine que le mieux était encore de mourir. Sans prendre garde à cette tentation, les bras au ciel, il envoya un salut plein de dignité à son escorte, et d'une voix assourdie où l'on ne pouvait déceler ni regret ni frayeur, il s'adressa à la foule debout à ses pieds.

– Pourquoi ne me chantez-vous pas quelque chose ? C'est tout de même l'instant le plus joyeux de mon existence.

Ils entonnèrent le *Requiescat in pace* et, lentement, avec précaution, comme un aveugle, il s'avança sur les larges pierres du parapet. Ses muscles étaient tendus et son esprit concentré sur les mouvements accélérés de ses longues jambes et de ses bras levés grâce auxquels il maintenait son équilibre. Il regardait droit devant lui le lointain grisâtre que n'effleuraient pas encore les corbeaux agités. Mais quand il arriva au milieu du pont, son regard descendit vers la rivière ; elle coulait, plus silencieuse et plus lente que jamais, comme si, d'un instant à l'autre, elle allait s'arrêter pour l'attendre. Cela lui fit tourner la tête, il s'arrêta brusquement et la foule cessa de chanter.

Dans le silence soudain on n'entendait que le hurlement du vent dans les hauteurs. M. Golouja baissa la tête : il lui semblait qu'il écoutait les derniers battements de son cœur. En fait, sentant qu'il ne pouvait plus faire un seul pas, ni tenter rien d'autre qui pût le sauver, il fut pris d'une grande honte à la pensée de l'humiliation qui l'attendait.

Il dit alors d'une voix changée :

– Frères, je me suis quand même trompé dans mes calculs : votre insignifiante rivière va m'emporter vers le nord.

– Est-ce que ça a de l'importance ? dit quelqu'un.

– Bien sûr que oui. Vous savez parfaitement que, même mort, j'ai toujours eu envie d'aller au sud.

– À la mer ? dit une voix.

M. Golouja hocha la tête d'un air désemparé : il sentait qu'il allait pleurer honteusement devant tout le monde. Chose étrange, il ne put qu'éclater d'un rire hystérique, clamant ainsi, contre son gré, son immense détresse. Il rit longtemps : il tremblait de tous ses membres en se penchant au-dessus du vide. La foule, qui n'y comprenait rien, applaudit une seconde fois. Ils étaient émerveillés de voir qu'à l'instant suprême il était capable de se moquer de la vie et de sa propre mort. Distinguant à peine cette masse sans visage qui s'approchait comme une vague, M. Golouja sentit que la peur, de ses serres de fer, commençait à lui tirailler les entrailles et il s'apprêtait à avouer publiquement son épouvante et à les supplier de lui pardonner de n'avoir jamais eu envie de mourir.

Mais avant d'avoir réussi à tirer de lui-même un seul mot, il trébucha soudain, et ce n'est qu'en agitant ses longs bras de façon comique et désespérée qu'il parvint à se rétablir et à remettre son corps mal fait en équilibre dans l'espace et dans le temps. Ravi, il murmura :

– Il y a un Dieu.

Mais au même instant son pied gauche glissa et, surpris d'être trahi par de vulgaires semelles de caoutchouc, il lâcha avec amertume :

– Il n'y en a pas.

Et de fait, il ne pouvait plus y avoir rien pour lui.

Mais en tombant la tête la première, au-dessous de lui il vit la mer : immense et tapie, elle l'attirait dans ses profondeurs bleues où l'attendaient déjà les cieux enchaînés et les étoiles palpitantes et inaccessibles dont la poussière rougeâtre éclairait sa descente vers cette beauté encore jamais vue et jamais soupçonnée, de sorte qu'en sa conscience s'éteignit instantanément le terrible blasphème adressé au monde qu'il quittait.

C'est ainsi que tout le monde vit M. Golouja sauter vigoureusement en arrière, tournoyer comme un acrobate puis, le corps tendu comme un arc, flotter dans le ciel comme si, en cet instant long et invraisemblable, il avait été surpris par quelque chose ou que, dans son désir de se moquer encore une fois des autres, il eût cherché un moyen de s'envoler. Dans le silence total, personne ne bougeait, tous avaient le souffle coupé par la joie et l'attente. Mais juste au moment où il semblait qu'un miracle allait peut-être se produire, M. Golouja, comme une pierre lancée avec force, se précipita dans la rivière.

Les vieillards se levèrent de leurs tabourets et se signèrent.

Les femmes regardèrent leurs maris avec mépris.

Les maris baissèrent la tête, conscients qu'ils devraient désormais admirer encore davantage cet inconnu, car son destin – qu'ils enviaient déjà – les forçait à voir enfin l'insignifiance de leur vie.

Les enfants continuèrent à manger leurs pommes et quelques femmes enceintes se caressèrent le ventre avec fierté.

Et puis quelqu'un cria :

– Et s'il savait nager ?

Plusieurs personnes s'élancèrent vers le parapet du pont, et ceux qui étaient sur la berge coururent le long de la rivière. Mais le long corps de M. Golouja apparut un instant à la surface de l'eau, puis disparut à tout jamais.

Ceux qui avaient douté de lui eurent honte. Celui qui avait crié tout à l'heure cria de nouveau :

– M. Golouja a tenu parole, il n'a pas trompé notre attente. Vous l'avez vu partir vers le nord !

– Vers le ciel, dit un vieillard. Qu'il repose en paix.

POSTFACE

La Vitesse sonore de Šćepanović

Pour Catherine de Leobardy

« Il sentit l'odeur : elle émanait de la viande mal cuite, de l'eau-de-vie, de la sueur et de l'herbe qui, au-dehors, respirait au clair de lune. Cette fois-ci, il n'y avait pas de doute, il avait enfin trouvé ce qui le poursuivait depuis si longtemps. »
Branimir Šćepanović, *L'Été de la honte*[1]

« La puissance des mouches :
elles gagnent des batailles, empêchent notre âme d'agir,
mangent notre corps. »
Pascal, *Pensées*, *Vanité*, 22 (367)[2]

La couverture, jaune d'or, de *La Bouche pleine de terre*, le premier livre de Branimir Šćepanović, publié en français en 1975[3] par L'Âge d'Homme, était ornée d'une encre de Louis Soutter, peintre suisse qu'on qualifia d'assez excentrique pour le ranger parmi les artistes de l'art brut. Ses personnages emmêlés autant que fuyants, déterminés à se jeter dans le hors-champ du monde : le dessin de Soutter figurait avec éclat la rage contenue dans les 80 pages de ce parallélépipède de papier.

Quelques années après la lecture du livre, j'avais tenté de dire sa rage[4], de suggérer combien elle venait s'emparer de son sujet, et combien cette prose la tenait en réserve au fond d'elle-même. Voilà comment, de façon assez présomptueuse, en des phrases qui masquaient peut-être l'échec de la dire vraiment, je donnais à voir la force percussive du livre sur son lecteur : « *il y a 2 ans, après avoir traîné longtemps autour de ce titre la bouche elle qui est pleine de terre et l'image d'un pied qui force la mâchoire d'un, y fait rentrer toute la terre, la lui incorpore, j'ai pris le volume pas épais dans les mains, reposé puis repris, fait défiler vite les pages devant les yeux, arraché ci & là quelques lambeaux de phrases, voici que j'ouvre vraiment ce livre en 2 casse la tranche et. Je ne commence rien, je tombe dedans, il n'y a plus de temps comme on dit combien, depuis combien j'ai été là effaré dans le soleil, quand je me relève je dis combien ai-je été là dans ces mots dans l'odeur d'une traque, la volée de feuilles derrière mes pas, en miettes arrachées dans les pas, le vol d'une odeur suante dans l'air, déjà passe dans l'air de l'urine mêlée de menthe fraîche. Je me rappelle plus bien après quand j'ai commencé, je n'ai pas commencé, rien, un coup direct que je n'ai pas vu venir, la ruse souriante du livre, sa grimace noire de masque grec, la transpiration froide sous les bras dans une journée d'août.* » Seules ces odeurs, d'urine et de menthe, de lait rance et d'air acide, agissent peut-être encore, vingt ans après sa lecture, comme un indice de ce à quoi ce roman confronte :

une impression physique, animale, telle l'odeur de la peur dont s'enroule l'instinct de se sauver, ou celui de se perdre, de s'engouffrer dans la faille de la destruction et de la renaissance.

La traque d'un homme qui se décide par le regard d'un autre (Que fait-il cet homme ? Là et à cette heure, seul ? Pourquoi nous regarde-t-il et fuit-il en nous voyant ?), par un malentendu, et finalement par un hiatus que le récit expose sans explication, forme l'unité temporelle, la vitesse et l'âpreté de *La Bouche pleine de terre*. Mais c'est par un dispositif d'énonciation alternée de voix, en italique pour celle de l'homme traqué, en romain pour celle de la foule qui le traque, que s'ouvre toute la tension narrative – et l'extraordinaire rapidité qu'elle condense. Le montage serré de faits, de perceptions simultanées, le participe présent qui les jouxte bord à bord chacun, n'en sont que l'un des choix formels. Aussi le trajet opéré – du sujet fuyant à la masse compacte poursuivante – suffoque littéralement et suspend toute interprétation, y compris celle de sa fin dont l'instant de mort en fut l'origine (cherchée). Pour l'ossature, et jusqu'au squelette de son architecture minimaliste, primitive et rustre, *homérique*, écrit Pierre-Emmanuel Dauzat[5], un homme, malade, peut-être condamné, ou croyant l'être, décide de rejoindre sa terre monténégrine pour se donner la mort. Il est dans un train de voyageurs, le n° 96, il imagine souriant que c'est un monde entier, dans ses wagons, qui file se perdre on ne sait où. Les odeurs empreignent et les gestes et l'espace étroit des compartiments, odeurs de sueurs, d'ail, de lait aigre, quand d'autres entrent par le carreau baissé, odeurs de charbon et du ballast humide, odeur d'arbres, d'herbes écrasées. Odeur aussi de la honte éprouvée par cet homme qui s'extrait de la communauté, refusant le partage de quelques paroles et celui d'un repas. Odeur, enfin, de la communauté désœuvrée dont l'incipit, en caractère romain, laisse entendre encore la possibilité de vie : « Jakov et moi », est-il précisé, forme cette première dyade (de l'amitié), « roulés dans de grossières couvertures de laine, nous gisions, immobiles et silencieux, en cette nuit d'août, comme enivrés par l'âcre odeur de la forêt qui, par l'ouverture de la tente, ressemblait à un long serpent noir ». Mais le « *il* » qui paraphe les paragraphes en italique, puisque nous ne saurons pas son nom, s'aperçoit, au même instant que sa pensée se suspend, que le train fait halte : « *il perçut dans l'air une odeur de crème aigre et de fromage, mais, cette fois, il n'eut pas faim. Il ne sentait plus rien. Soudainement, allongeant la main, il saisit la poignée de laiton, puis, lentement, sans réfléchir, il sortit dans les ténèbres* (...) *Debout dans le ballast, jambes écartées, il vit ce fil lumineux qui coupa le ciel et, se dérobant à ses regards, disparut dans la nuit* ». La furie qui s'ensuivra, véritable chasse à l'homme, si elle a l'aspect d'allégories « *sèches et étouffantes, nous inocule des cauchemars minéraux* », écrit justement Georges Nivat[6]. Comme si aux paraboles du passé se substituait, non la possibilité de simulacres (ceux des grands récits et des imaginaires), mais celle qui consiste à centrer toute possibilité narrative sur une volonté de *faire le négatif*, comme l'écrivait Kafka dans son journal. C'est qu'il faut que quelqu'un paye pour ce que l'homme sera devenu : d'une part, un *loup pour l'homme*, de l'autre, son propre étranger comme son propre simulacre. L'efficacité de la prose de Šćepanović, dans *La Bouche pleine de terre*, mais aussi dans *La Mort de M. Golouja*, dont le suicide est le centre d'une intrigue plus sarcastique, plus grotesque dans son élaboration narrative, plus invraisemblable aussi, tient à la façon dont elle mêle de véritables plans-séquences à toute une variation de changements de focales. La sobriété de l'action (d'un point A à B), miniaturisée à quelques gestes (« Nous nous regardions en silence », « *Lorsqu'il se mit à courir* », « Soudain, cédant à je ne sais quel mouvement », « *il courait de plus en plus vite* ») est amplifiée, comme aggravée dramatiquement par un dehors hasardeux et non dirigé, bouleversant ainsi les axes de la terre : « *il leva les yeux au ciel comme s'il priait et concentra toute son attention sur les oiseaux cendrés, tachetés de noir, qui passaient à chaque instant au-dessus de sa tête comme un jet de petits cailloux et s'évanouissaient en fumée dans le ciel rosâtre* ». Ces deux livres, majeurs, firent de Šćepanović l'un des grands écrivains (d'origine monténégrine) de l'ex-Yougoslavie, au même titre que Danilo Kiš , Alexandre Tišma ou Ivo Andrić. Mais on pourrait tout à fait les comparer à d'autres livres anachroniques ; qu'il s'agisse de *La Colonie pénitentiaire* de Kafka, du *Désert des Tartares* de Buzzati, du *Bartleby* de Melville, ou encore de *La Folie du jour* de Blanchot. La prose de Šćepanović, quel qu'en soit le livre, cherche un seul et même motif : elle nous apprend combien tout arrière-pays a disparu, faisant de l'homme un fichu balayé par l'Histoire.

Le rapport avec ce que l'on a appelé « la culture de la haine » – étrange euphémisme pour dire la barbarie – telle qu'elle enflamma l'Europe (Šćepanović est né en 1937) puis la Yougoslavie au tournant des années 90, n'est pourtant pas explicite dans les livres de Šćepanović. Le traitement des faits de l'Histoire y est toujours très finement actualisé. *Le Rachat* évoque des actes héroïques de la Seconde Guerre mondiale, *L'Été de la honte* rappelle combien, durant cette même période, les communautés serbes et croates se déchirèrent au sein de villages où elles vivaient ensemble depuis des décennies et combien les blessures continuèrent, dans certains groupes, à entretenir ressentiments et haines mutuels. Inévitablement ce serait plutôt des rapports pervertis et destructeurs qui forment le creuset de ces proses d'impiétés. Ces dernières témoignent de tout ce dont l'homme aura usé pour faire de la servitude sa propre condition. Si la mort qu'on se donne, par-delà la condamnation sociale, religieuse et personnelle qui la frappe, semble l'unique échappatoire, il n'est pourtant pas sûr qu'elle ne soit pas *in fine* un pied de nez insoupçonnable lancé à la face grimaçante de l'espèce humaine. Qui le dira, qui révélera la liberté impartie à l'un ou à l'autre, des vivants ou du mort ? On ne le saura pas, sinon par la solitude d'un chant sorti miraculeusement d'une bouche, d'un trou, de quelque chose qui ne serait ni homme ni bête. C'est la force de l'ironie saillante de Šćepanović que de nous laisser avec elle douter de la réponse, jusqu'à soupçonner, quel qu'en soit le geste, qu'une possible intégrité morale de l'homme le sauve de lui-même.

Mais si comme il a été écrit du roseau, l'Homme ne rompt pas totalement, à quelle nudité alors s'expose-t-il ? Avec cette question nous revient la silhouette évanescente d'un Bartleby qui, dans le mouvement de sa révolte – « *I would prefer not to* » – édifia les conditions de sa propre disparition.

Emmanuel Laugier

Emmanuel Laugier est auteur de livres de poésie et critique.
Son dernier livre publié est *Crâniennes*, aux éditions Argol en 2014.

1. Traduit du serbe par Jean Descat, éditions L'Âge d'Homme, 2008, p. 107. Ce livre parut initialement, dans la même traduction, aux éditions Hērodotos / Le Milieu du jour en 1998.

2. P. 38, texte établi par Louis Lafuma, coll. Point-Seuil, éditions du Seuil, 1978.

3. Ce premier livre eut une reconnaissance française tout à fait exceptionnelle. Il fut réédité trois fois aux éditions L'Âge d'Homme, puis en poche chez 10/18 (1983), chez De Fallois (1988), et enfin aux éditions Le Serpent à plumes, collection « Motifs » en 2008, accompagné d'une préface de Pierre-Emmanuel Dauzat. Ont également été publiés, du même auteur et toujours traduits par Jean Descat, *La Mort de*

M. Golouja et autres nouvelles (1978), *Le Rachat* (1981), *L'Été de la honte* (1998).

4. À l'invitation de François-Marie Deyrolle pour un numéro de la revue *Théodore Balmoral* (1997).

5. « Le beau désespoir de Branimir Šćepanović », pp. 7-20 ; préface à *La Bouche pleine de terre*, éditions Le Serpent à plumes, collection « Motifs », 2008.

6. C'est ce que Georges Nivat écrit dans sa postface à *Le Rachat*. Il fut directeur de la collection « Slavica » aux éditions L'Âge d'Homme. Il est l'un des traducteurs d'Alexandre Soljenitsyne, ainsi que d'André Biély.

— L'AUTEUR —

Né en 1937 à Podgorica, au Monténégro, Branimir Šćepanović se met à écrire dès l'âge de 17 ans. En 1961, son premier recueil de nouvelles l'installe immédiatement comme une figure de la littérature serbe contemporaine. En 1974, *La Bouche pleine de terre* (traduit en français aux éditions L'Âge d'Homme en 1975) rencontre un immense succès international, jamais démenti au fil des rééditions, au point d'être aujourd'hui considéré comme un classique. *La Mort de M. Golouja* paraît en 1977. S'ensuivent d'autres textes, dont *Le Rachat*, jusqu'aux années 1980. Branimir Šćepanović vit aujourd'hui à Belgrade.

Relecture
Lorane Marois

Graphisme et mise en page
Stéphane De Groef

Diffusion-Distribution
Les Belles Lettres

Dépôt légal
Janvier 2019

Ce livre a été achevé d'imprimer sur
les presses de l'imprimerie Jelgavas Tipografija
en Lettonie en novembre 2018.

Éditions Tusitala
Paris - Bruxelles
www.editions-tusitala.org

ISBN
979-10-92159-16-5